本色文丛·于晓明　主编

书事快心录

自　牧／著

海天出版社（中国·深圳）

图书在版编目（CIP）数据

书事快心录 / 自牧著. — 深圳 : 海天出版社, 2014.11
（本色文丛）
ISBN 978-7-5507-1047-4

Ⅰ. ①书… Ⅱ. ①自… Ⅲ. ①日记—作品集—中国—当代 Ⅳ. ①I267.5

中国版本图书馆CIP数据核字(2014)第071630号

书事快心录
SHUSHI KUAIXINLU

深圳出版发行集团
海天出版社

出品人　陈新亮
策划编辑　于志斌
责任编辑　陈　嫣
责任技编　蔡梅琴
装帧设计　王　璇
书名题签　嵇贾孜

出版发行　海天出版社
地　　址　深圳市彩田南路海天综合大厦（518033）
网　　址　www.htph.com.cn
订购电话　0755-83460293（批发）　83460397（邮购）
设计制作　深圳市龙墨文化传播有限公司（0755-83461000）
印　　刷　深圳市新联美术印刷有限公司
开　　本　787mm × 1092mm　1/32
印　　张　7.875
字　　数　125千
版　　次　2014年11月第1版
印　　次　2014年11月第1次
定　　价　35.00元

自牧，本名邓基平，1956年8月出生于山东省淄博市周村区固玄店。1975年高中毕业，同年到中共山东省委办公厅工作。1991年毕业于山东大学作家班。2002年晋升为一级作家。现任中共山东省委机关医院副院长、《日记杂志》主编。

1975年开始文学创作，1980年开始发表作品，出版有散文集《百味集》、《抱香集》、《疏篱集》、《三清集》、《尚宽集》、《存素集》、《舍得集》、《自然集》、《淡庐序跋》、《淡庐日记序跋》；书信集《南北集》、《淡庐书简》、《澈堂鱼素》；诗集《绿室诗存》；报告文学集《劳动之歌》；文学日记集《人生品录——百味斋日记》、《书事快心录》；评论集《淡墨集——自牧及其作品》（潜庐选编）。主编、选编各类作品集200余种。致力于日记写作与传播30余年，被誉为“当代日记文化的行者”和“好人自牧”。即将出版的作品集有《雪澡集》、《淡庐书事》，以及评论集《疏影集——自牧其人其文》。

序

◎胡世宗

写日记，本是个人私事，却未料我通过日记结识了很多朋友，自牧就是其中的一位。我从少年时代写日记，至今古稀之年已写了半个多世纪了。我觉得我们生存，就要留下痕迹，日记就是我们的生存记号。自牧在日记人的圈子里是名声显赫的。我通过于晓明、杭世金、萧滋云、寇广生诸多日记友人，更多地了解了自牧的为人和为文。

我知道，自牧，是邓基平先生的笔名。自牧，自己放牧自己，表达的是小宇宙开放和心灵世界自由的追求和向往。

自牧长期在山东省委机关工作，身上却没有官气，有的是文人之气和平民之气。他自己说，“是文学让我平淡的生活得以丰富”。他写散文，写随笔，写日记，执着而坚韧。出版了十多部风格独特的作品集，编著了百余种图书，他的创作成果丰硕耀眼。而更令人钦敬和羡慕的，是他在业余的业余，把很多宝贵的精力和时间，投入到多份报刊杂志的创办和编辑工作中

胡世宗，军旅作家、诗人。沈阳军区政治部创作室原副主任，一级作家。出版有诗集《我把太阳迎进祖国》等11部，散文集《当代诗人剪影》等12部及记录岁月长达46年的《胡世宗日记》（8卷本，408万字）。

来，这真是功不可没的作为啊！

就说自牧主编的《日记杂志》吧，这是一本在日记圈子和文学圈子里很有名的刊物。刊物办得那么专业和雅致，总是令人赞叹不已。一种刊物，在没有行政拨款和固定赞助的情况下，坚持办了十几年，说起来，听起来，都是令人肃然起敬的。在这本刊物上，我常常读到独到和重要的史料，读到关于日记学深刻的探讨文章，读到社会上不同身份人的日记选粹。这个开本不大的刊物，由于自牧先生呕心沥血的经营和操作，打造成了中国日记地平线上的一个纸质博物馆、中国日记人交流和互访的一个便捷的平台和展示中国社会众生相片断的一个窗口。这本刊物在文化人的圈子里有很好的口碑。

又写，又编，而写和编，又都是自牧在完成本职工作之外的时间来做的。他把本职工作和写与编的业余事情都做得这样好，得到了人们的交口称赞。这就是我所知的山东汉子自牧。

自牧的《书事快心录》，是作家年近半百的日记。俗话说：人过半百天过午。我们在这部日记书中看到的自牧，没有“过午”的迹象，看到的不是“过午”，而是忙碌：忙碌于本职工作上的事情，如协调省委办公厅等四十一个厅局委办公费医疗记账卡的发放，忙碌于安排会餐和节日值班，忙碌于看望老干部，忙碌于刊物的编辑、印制和发行，忙碌于为友人编书写序，忙碌于文朋间的书信和电话往来……他有忙碌不完的事情。在这部日记书中，我们看到的是一位省委机关医院办公室主任的自牧，是一位执着于文学创作的作家自牧，是一位极负责任的《日记杂志》主编自牧，是一位热心文学公益事业、乐于为他人作嫁衣的志愿者自牧。让我们看到了他岁月的留影，也看到了一个多面体的充实生活着、工作着、忙碌而快乐的自牧。

我非常欣赏自牧五十岁自题小诗："布衣自牧五十游，本色淡庐自适流。素心知止得清静，归真向散别封侯！"我喜欢他这首诗，并喜欢他的书法，我岁度七十之际，向他讨要一个条幅，请他把他的这首诗写给我留念。没想到他把这首诗稍加改动，变成了为我祝福的诗作："军中走文七秩秋，崇真尚宽别封侯。知行知止得清静，书天诗地自风流。"啊，这几句，正中下怀，正合吾意！我必将其宝藏珍存，这是时光宝盒里的光芒，是我和自牧友情的象征。

这部《书事快心录》是自牧诸多著作中的一种，相信他还会向读者奉献出更多更好的作品，记载我们的时代，记载我们的生活，记载我们的悲欢苦乐。

二〇一二年十一月二十二日于沈阳寓所

目录

一九九八年日记·卷一

一月一日（丁丑年十二月初三 · 星期四）

阿玉和暄儿去了岳父家，未同往，于淡庐赶校《林德梓文学作品选》清样。十时许，去普林达印刷厂送改样，发现《洗犁集》裁得不太规矩，遂勒令工人重新裁之。中午，应金绪弟之邀，与刘明林、张和平一道去五环美食城小酌，饮湖北出产的太极道家补酒一大盅。

下午三时，由之君来晤。接山西杨栋、淄博董朝晖贺卡。六时，三省室主人来电话相邀去冠亚大酒店陪其“小老乡”（七十年代下乡插队莱芜时村支书的儿子）刘敬东吃饭，感觉他也是一个文学爱好者，遂跑回单位取书四种并即兴题诗一首以赠，敬东甚为感动。

一月二日

校对《林德梓文学作品选》清样。十时，去大正印务公司出《痴女》的膜片，李岩、王吉强夫妇留午饭。

下午二时许，武鹰、由之君先后亦至。吉强相赠由他承印的诗集《无主题变奏》（傅灏著）一册，长青（杨清禄）序，远方出版社一九九七年版，一十四元。由之君送来照片四张，其中摄于淄川蒲松龄故里之“柳泉”故地的一张尤其出色，这是我近年来最为满意的一张照片。接长沙诗人周韶奎、淄博市委张照青贺卡。晚，校稿。

一月三日

上午十时，陪淄川李通昌兄去印刷厂拉《洗犁集》一千册。中午，老李于五环美食城设宴庆祝大作出版，受托邀约省委宣传部刘志福、明天出版社丁建元、山东文艺出版社杨清禄、省府机关医院金绪等友人共聚之。

晚，收看中央台首次播映的大型电视连续剧《水浒传》第一集。九时至午夜，校对《林德梓文学作品选》清样三十页。

一月四日

天寒地冻。接郯城诗人傅灏信，云已登程去新疆闭关修炼去了。阳谷县广播电台刘玉立同学来晤，赠他《四季文丛》一种。中午，应刘兄约去五环美食城吃饭，阿玉和暄儿同赴之。下午四时，《山东青年》美编王龙飞弟来晤，代金绪付广告费六千元。

晚，校对《林德梓文学作品选》清样。

一月五日

校稿。十时，乐陵文友郑向东、宋万信来送文稿。中午，于五环美食城请其品尝海鲜自助餐。

下午，去印刷厂检查印刷质量，敦促换用新裁纸刀。晚，于五环美食城请《当代散文》编辑李莉、张卫、陈玉林吃饭，特邀陈金绪、张和平、王冰作陪。

一月六日

接省体育局梁文生、省卫生厅刘明林贺卡。中午，济南精美印刷厂厂长张哲弟送来由他们厂承印的《钦定书经图说》二函，计十六册。清代孙家鼐编著，天津古籍出版社一九九七年版，四百二十八元。为表示谢意，于五环美食城请其小酌。下午分大米。校稿。

晚，应邀随陈、崔、刘三人去五环美食城小酌。

一月七日

去普林达印刷厂校对《回声》封面文字和《林德梓文学作品选》照片说明文字。中午，省文联书法家娄以忠于五环美食城请其创作室的领导和同事小酌，他们是武鹰、孟广征、刘岩、孙兄、刘兄，吾应武老、娄老之约忝列其中，共叙友情。娄老相赠书法作品一幅，因已有藏，故转赠王大姐。接阳信县李文南先生信，关于出版其诗社社员选集一事，因我们主编的《四季诗丛》已编完，故只好推荐给《东岳诗丛》主编杨清禄。杨兄是来取《洗犁集》样书的，受赠漳州水仙头两个。

下午，诗友崔然琳、杨共玉、杨洁三人来看望，赠送他们《四季文丛》各一册。夕，应王冰兄之约，随其去千佛山宾馆吃饭，客人大多为空军的。九时，与由之君小晤。

一月八日

山东友谊出版社编辑梁济生相赠《读书·品书·荐书》（朱蓓蓓主编，山东友谊出版社一九九六年版，一十九元八角）一册并一九九八年挂历两种。明天出版社编辑丁建元相赠精装本《诺贝尔文学奖得主全传》（一九〇一年至一九九五年，车吉心、朱德发主编，明天出版社一九九七年版，九十元）一部并油画挂历一种。省民委回民书法家丁乐春派其长子送来书法作品横幅一件，所书的诗乃丁老为我专门而作，即：“不慕亲朋住高楼，自牧砚海任畅游。遍尝人间百味苦，寒窗凝墨写春秋。”忙中偷闲，赶校《林德梓文学作品选》清样，边校边改边付印，一点也不敢马虎。

一月九日

去印刷厂检查《痴女》印刷质量。选读《诺贝尔文学奖得主全传》。滨州电视台雪松学弟来晤，第一次向其细说与张炜产生分歧的经过。赠他《四季文丛》十种。

夕，潜庐主人徐明祥送来《寒山寺志》一册，清代叶昌炽撰，上海古籍出版社一九九〇版，二元九角。徐君于其扉页题跋：“自牧兄嗜藏志书，今出差苏州逛古旧书店，遇清人所撰《寒山寺志》，特购二册，一册自存，一册转赠自牧，使其志书增加一种而已。并盼百味斋之志书书话系列早日动笔。潜庐主人一九九七年十一月。”六时，应杨清禄兄之邀去东方大厦二十一层旋转餐厅参加友人聚会，新友有《解放军健康》杂志社的赵主编和编辑部主任王立友等。九时，放弃去夜总会消遣，独自返回淡庐赶校书稿清样。

一月十日

接天津社科院刘宗武兄大札并代李通昌相求津门书法家董欣武题签一件。宗武兄办事是十分严谨认真的，在某些方面，颇有耕堂遗风闪现。去印刷厂送校稿，边改边对红，终于大功告成。

夕，应陈弟之约去五环美食城小酌，同去的有武鹰、刘明林、徐智、张和平等。

一月十一日

整理《一九九七年度友人书札》及《百味斋书札》留存和友人退还部分。十时，李耀曦夫妇来淡庐晤，再次敦促李兄早日出版其散文集。

下午三时，陪致远斋主人由之去省美术馆观看“《齐鲁晚报》创刊十周年书画展”，看到的大家手泽有王学仲、崔子范、于希宁的画，胡絜青、蒋维崧、魏启后的字。晚，收看电视连续剧《水浒传》后，登记一九九七年入藏的名人字画并入档珍存。十时，读耕堂著《芸斋余梦》，目的在于静心散淡。

一月十二日

晨七时，一时兴起，于《世界经典油画作品》挂历上题字二十余幅，自得其乐也。填写《省委办公厅一九九七年度奖励申请表》，这是我来机关医院二十多年来第二次获此“嘉奖”殊荣。为办公室人员填写《一九九七年度工作成绩考评表》。下午，参加医院工会例会，商量集体会餐和春节之前活动安排。

晚六时，应陈弟之约去五环美食城陪山医大附属医院刘海南、王铁柳大夫吃饭，新友还有省广播电台广告部吴主任及几位在省立医院进修的大夫，旧友有刘明林处长和张和平弟。致远斋主人来还书二种并示读书札记一纸，有“庆幸我师年少，否则也很难说不遭厄运”一句，顿生知遇之感也。十时许，郑重填写南京大学徐雁兄托人捎来的《中国阅读研究会（GRA）会员登记表》，正式申请参加此会。介绍人徐雁先生预先已在登记表上盖了章子，置之不理，便辜负了人家的一番盛情美意，大不敬也。

一月十三日

致北京孙桂升信，通报近期购书读书情况。抄写黑板报，迎接新任省委副秘书长王修智下午来院视察。十时，东营文友马景峰来校对书稿《回声——马景峰新闻作品选》稿样，因时间关系，他只校对了一遍篇目和文中小标题，其他一切都全权委托给我了，我能说什么呢，只好勉强应承下来。午时，与省文联创作室主任武鹰老师一同应邀去五环美食城小酌，赠马兄及随行三人《四季文丛》各一种。

下午，诗人吴兵来晤，云下期《诗刊》将一次推出他们九人的一组新诗，即致贺意。四时，散文作家刘烨园来晤，深为他晋升一级作家职称受挫（评委未通过）抱不平，此乃因人际关系不洽所致也。在山东文坛，刘兄三年前就已够了一级作家资格。送走烨园，踅入对门之省教育书店购书三种：《笑诗广记》、《笑联广记》、《笑语广记》，均为梁申威编著并序，山西教育出版社一九九七年版，总计二十九元九角。

晚，金绪弟在五环美食城请山医大附院泌尿科主任刘海南、王铁柳等六人吃饭，应邀作陪。其他友人有刘明林处长，省广播电台广告部吴主任。吴见多识广，口若悬河，人送外号“世界通”。听吴一席话，心中块垒消。

一月十四日

值班。天冷，偶飘雪花。中午，应约与陈、刘、张一同去五环美食城吃海鲜自助餐，喝太极补酒一杯。

晚，校对《回声》稿样五十页，别字、缺字、赘字俯拾即是。

一月十五日

致天津刘宗武兄信，告知已收妥《洗犁集》题签；致周村李国经兄信并印刷费发票五张。九时，去普林达印刷厂安排《林德梓文学作品选》印刷事宜。

下午和晚上，突击校对《回声》稿样，力争春节前印讫。

一月十六日

偶飘雪花，赶校《回声》稿样。下午，基民弟来晤，代他参加济南华联商厦职工集资二万二千元，年息已从一年前的百分之二十降到了百分之八。

夕，雪越下越大，机关医院全体人员去南郊宾馆会餐，主动替王大夫值班，避开了去凑热闹，落得了一个清静自在。六时，致远斋主人来晤，出示近四年来的邮册供其欣赏，以偿还相赠《中国民居》、《玫瑰》全套邮票之情。八时，空军医院碎石中心林主任于五环美食城请同事吃饭，应约与陈金绪弟一同作陪，尽兴而归。

一月十七日

休息。困守书斋赶校《回声》清样。中午，于五环美食城请阿玉和暄儿吃海鲜自助餐。

下午一时许到晚上十一时，计校《回声》清样一百页。

一月十八日

九时，校完书稿《回声》清样，即送印刷厂边改边对红，到午时，终于全部定稿。至此，春节前的活儿终于基本干完了，也可以松一口气放开舒展一下了。

下午，睡了一觉起来，擦拭书橱，整理图书，然后翻读闲书。政界太险恶，小心也触雷。如若站错队，株连哭无堆。

一月十九日

接北京书友孙桂升大札并孙犁老人信手书写的一组人名复印件，孙兄写道："孙老，以后恐怕确实不能写什么了，前些日子天津刘宗武兄寄来从其儿媳处搞到此老写的一些人名，看那字体可能神经系统有障碍，只能祝老人家颐养天年了。"人名写在天津广视房地产开发公司信笺上，即："陈梦家、徐调孚、邱元盛、李劫夫、王伯祥、王顺成、范文澜、俞平伯、单雄信、胡愈之、郝寿臣、康迈千、曼晴、王曼硕、赵今铭、李瑞环、徐光耀。"另外还写了两部作品名，为《文心雕龙》、《吕氏春秋》。武鹰老来晤，商量处理最后几种书的遗留问题。

晚，自己给自己放假一周，收看电视剧《水浒传》后，与由之兄短晤，然后去丁彭老府上打牌，战绩辉煌。

一月二十日

去印刷厂检查《回声》印刷质量。接嘉兴《秀州书局简讯》第七十一期，其中有一条写有个叫张森的，买了我的一册日记，甚慰。致上海友人朱亚夫先生信并《四季文丛》二种，托购《中华名人书斋大观》一册。

下午，致远斋主人来还书并畅晤，极洽。夕，应陈弟之约陪其同乡小庄去五环美食城吃海鲜自助餐。九时许，一同去丁彭老府上打牌。疯狂玩几日，再投忙碌年。

一月二十一日

省委组织部厉彦林来结算《都市庄稼人》诗集印刷费并相赠重印的《都市庄稼人》二十册。省作协王延平弟来晤，云其妻主持的致远书店形势大好，赠他《四季文丛》一种。

下午，淄博文友雁羽、邵伟来晤，赠她们《四季文丛》、《四季诗丛》各两种。晚，收看完电视剧《水浒传》，又收看《百年恩来》，拟坚持看完，然后写诗一首以志感。周恩来，是历朝历代把握中庸、实践中庸的佼佼者。委屈以求全，说起来容易，而做起来实际上很难很难。

一月二十二日

上午休息，擦拭门窗及橱柜。致淄川基芬大姐信并转去从《大众健康》杂志上剪下的关于小儿脑瘫治疗的文章一篇，此则信息对外甥女赵杰的孩子可能有参考作用。下午三时许，烟台市物价局林德梓局长来拉书三千册。诗人桑恒昌老师来晤，云《黄河诗报》能够继续出版，可喜可贺。

晚，整理日记。文友张银来晤，正式答应代他校对近六百页书稿清样，这没有一周时间是不行的。今年春节放假七天，就贡献给张银吧。林局长相赠《烟台年鉴》（一九九七年）一部，尚庆之主编，华龄出版社一九九七年版，九十六元。春节临近，气氛仍不见浓烈，人们对过年也都淡漠了。

一月二十三日

省委办公厅昨天下午在南郊宾馆礼堂召开一九九七年度先进表彰大会，今天我的嘉奖证书发了下来，内容为："邓基平同志：一九九七年度被评为嘉奖，特发此证，以资鼓励。中共山东省委办公厅（章），一九九八年元月。”肥城文友刘胜利来送稿并邀请三四月份去曹庄煤矿参观。集中处理节前须由办公室办理的各项事宜：编排节日值班人员表，换充灭火器材料，为病房准备氧气，升旗挂灯……

下午，参加例行周会。选读一九九八年第一期《随笔》，印象为：文章质量基本上是恒稳的，其原因是它的作者基本上也是恒稳的。

一月二十四日

去省委三宿舍东院理发室理发。张银送来《西域平妖记》书稿清样，洋洋近六百页，令人望而生畏。接苏州文士王稼句大札并印制精美的贺卡一枚，悉近期已从苏州杂志社调入古吴轩出版社工作。

中午，淄川李通昌送来刻有诗词清句并主人名字的仿古紫砂壶十套，受赠人为：自牧、赵鹤翔、武鹰、李存葆、林凡、丁建元、柳原、杨清禄、耿建华、朱多锦。我的一套上的刻字为：“春满华堂添喜色，花飞玉阁有清香。丁丑年冬。”另一面的文字为：“室雅人和美。自牧先生惠赏，李通昌赠。”十二时，应李之邀，一同去五环美食城小酌，武鹰老后至。下午，博山区委组织部长张洪兴及副部长赵德等四人来提前拜年，受赠琉璃内画首饰罐二只，为表示谢意，于五环美食城做东请其晚餐并特约王冰书记作陪，喝酒甚多，但大家都做到了恰到好处。

一月二十五日

去省出版总社一宿舍老诗人牛明通府上看望身患尿毒症的

马老师，并留下二千元相助。接《阅读学通讯》（一九九七年第三期）一份，悉中国阅读学研究会秘书处与南京“六朝松”读书俱乐部共同策划编辑的《华夏书香丛书》三十卷将陆续由陕西人民教育出版社推出。胜利油田管理局马景峰先生来拉书一千六百册。中午，普林达印刷厂禚厂长于五环美食城请吃饭，约马先生一行三人同赴之。

下午，去银行存款。晚，牛明通老师来晤，云马老师的治疗费还能撑一段时间，故退回了我送去的那二千元。七时，代表院方去办公厅分管我们医院的主任、处长家送年货，这是一件大家都不愿意伸头的事情，作为办公室主任，我不出面，别人就更不出面了，身不由己亦是悲哀之一种也。八时半，与由之兄晤，诉毕苦衷后，心才好受了一些。世间之事，各行有各行的难处，各人有各人的苦衷，只是有人不愿意表露罢了。

一月二十六日

校对第六辑《齐鲁英才》清样。九时，回家打扫书房“百味斋”卫生，其间三省室主人曾来还书并晤，甚洽。十一时半，打的去济南火车站接包头至宁波的三五五次列车，包头文友冯传友兄托乘警捎来全羊一只，即送去岳父家析而分之。

下午，代挂号室的同事值班，轮流洗澡购物。夕，金绪弟在五环美食城请其福建莆田的同乡吃饭，应约作陪，因饭店将于明日封门过年，我们玩至八时许即离去。年关逼近，人人都想早日归家，这种心情，我是能够理解的。

一月二十七日

致山西作家杨栋兄信并退存梨花村书札三件。去自由大街超市为除夕夜值班的同志定购速冻三鲜水饺十一袋。武鹰老来取包头冯传友捎来的羊腿两只。十时，节前须由办公室操办的事情全部收拾停当，为净化心宇，遂踅入山东教育书店内寻宝，得《生命之雨——陈忠实自选散文集》一部，山西教育出版社一九九六年版，二十六元。回到办公室，即兴于是书扉页上信笔题跋一篇：“丁丑年十二月廿九日（除夕），单位里已没有几个人上班，街上行人皆作匆匆状，我忙完了自己该忙的事，为躲纷扰，遂踅入对门之山东教育书店浏览半时，但只购下了这册散文集。陈忠实先生自从力作《白鹿原》出版后，名声大响，因《平凡的世界》的作者路遥先生不幸逝世，他顺利当上了陕西省作家协会主席。在我的印象中，我曾给他寄过一封信和一本拙著，但未见回音。去年以来，是书便摆上了教育书店的书架，先后不少于五六次翻览，但始终没有下决心购下，一是嫌其太贵，十四点二五印张，定价二十六元；二是苦于没有功夫读，今日再次遇到，观架上只有三册了，又加上内中有两组日记，便以自己送给自己一点春节礼物为由买了下来。好书贺岁，新年笔健，但愿。自牧谨志。”

下午，让办公室的同志全部回家，独自留下值班。五时，约传达员老夏一道回淡庐吃年夜饭。六时半，打开百叶窗，边饮酒边观看南面赤霞岭上空的焰火。八时，循旧例收看中央电视台春节联欢晚会，印象为：场面宏大，服装俏艳且多饰物，旧面孔旧歌充斥，但使人观后叫绝不忘的节目几乎没有。

一月二十八日

春节。早七时，吃过饺子，接了许多拜年电话，又打了许多电话拜年后，径去丁彭、牛明通老师府上拜年，然后去看望节日坚持值班的致远斋主人，虽嫌稍冷，但晤访依然融洽。

中午，淄博王新胜兄带车至，装上欲带回家的两大箱东西后，返家待命回淄。文友李耀曦来晤。下午四时许，搭王新胜弟的车回家，一路上与王冰院长商量一九九八年的工作打算。六时许，安全抵达家门，送走王氏兄弟后，即入席和家兄的儿子、干儿们一同饮酒欢聚。夜宿于前面新房内，一为有暖气，二为接打电话方便。

一月二十九日

晨八时，兄弟、侄儿近十人随小叔鸿泽去本村后街上看望姑姑邓鸿英，由于新造大屋内还未安装暖气设备，故清冷异常。姑父培养的花苗，满满一前廊，均甚瘦。十时许，与家兄基庆乘坐侄儿开的机动三轮车去张店区院上村看望舅父妗母，特意捎上拙编五六种送给爱读书写字的舅父。表哥靳成良为答谢帮助其子普华安排工作之劳，硬塞给现金一千元，三番五次后，仍坚却之。下午四时半，回到固玄店家中，即约基民弟相伴去二叔、四叔、五叔、六叔、九叔及高余庆大哥、高庆文兄处拜年。七时，哥哥在家中请三叔、小叔、基成、基民和二姐夫长武吃饭，永波侄、永涛侄、邓友侄亦在座，尽力相陪。家人相聚，其乐融融，令我留恋。

一月三十日

淄川基芬大姐来电话，云十一时到家，放弃去张店新胜处相聚之计划，于家等候大姐。向母亲索取她正在使用着的白色搪瓷茶盘一只，这是一九六九年由济南搪瓷厂出品的“立新牌”普通茶盘，盘底内用红色烧烤着这样一行字：“高举毛泽东思想伟大红旗，在无产阶级文化大革命运动中立新功。林彪，一九六七·八·九。”这是一件典型的“文革”遗物，如果在某一天国家筹建“文革博物馆”时，我是会立即捐赠的。现在，到许多地方转一转，“文革”遗迹还不少，如若再过上几十年，恐怕就是踏破铁鞋无觅处了。

午时，陪大姐夫思平喝古井贡酒半斤多，恰到好处。下午一时四十分，王冰兄带济南军区空军司令部的军车来接，即告别家人返济。三时半，安抵办公室，阅报、打电话、校稿……晚，收看电视剧《水浒传》两集，不温不火，不及《红楼》、《西游》。

一月三十一日

上午，去机关医院陪仇瑛输液。十时，一同打的去致远书店淘书，因书店初六才上班，故吃了个闭门羹，甚是扫兴。

下午三时，邀约由之兄去装饰一新的东图大楼淘书，徜徉二时许，淘得书八种，分别为:《日记四种》，陈文新译注并序，湖北辞书出版社一九九七年版，一十五元。四种日记分别为黄庭坚的《宜州家乘》，陆游的《入蜀记》，袁中道的《游居柿录》、叶绍袁的《甲行日注》。陈漱渝、李文儒主编的《中国现代作家日记丛书》七种，山西教育出版社一九九八年版，分别为:《郭沫若日记》，陈漱渝编并撰《前言》，一十一元九角;《蒲风日记》，李文儒编并撰《前言》，一十三元九角;《沙汀日记》，吴福辉编并撰《前言》，一十五元;《阿英日记》，王海波编并撰《前言》，一十三元八角;《柔石日记》，赵帝江、姚锡佩编，姚锡佩撰《前言》，一十一元五角;《茅盾日记》查国华、查汪宏编并撰《前言》，一十八元九角;

《郑振铎日记》，卢今、李华龙编并撰写《前言》，一十三元。另外三种日记（胡适、叶圣陶、郁达夫）因敝斋已有藏，故放弃了。六时，去附近的聚鲁园酒店请由之君小酌，随心随意，畅谈无忌，十分开心。八时半归。

一九九八年日记·卷二

二月一日（戊寅年正月初五 · 星期日）

致北京书友孙桂升先生信，对过去的一年中日记专集大量出版问世表示欣慰。九时，去医院陪仇瑛兄输液，我因夜间咳嗽得厉害，决定也肌注八十万单位的青霉素。午间读《茅盾日记》二十页。下午，去看望三省室主人，尽管人来人往，但也感到很融洽。

夕，金绪弟欲在出版大酒店请吃饭，婉拒之。过去的一年中，泡饭店酒店的次数太多了，有些是非去不行的，也有一部分是可以拒绝的，只是碍于面子与情分不好张口拒之而已。新的一年中我将力争少去几次饭店酒店，腾出时间来多读一些书，多陪一下老婆和孩子。晚八时许，收看电视电续剧《水浒传》两集。夜，仍然咳嗽得厉害，加服宣中理肺丸四粒和甘草片六片，仍不见转机。

二月二日

天阴。陪仇瑛兄去医院输液。致陵县文友侯振宇、莱西文友王玉、潍坊文友宋永利信各一封，以征集第六辑《齐鲁英才》文稿。

下午，选读《沙汀日记》和《阿英日记》，沙汀日记尤使我感兴趣。接烟台诗友戚树友信并李棋、王雷主编的《芝罘诗报》两期，从中读到戚兄旧体杂诗二组，感情又相近了一步。

夕，被丁彭老喊去打牌，小赢。子夜，天空开始飘落雪花。

二月三日

校对张银著《西域平妖记》清样，畏难已晚，只好硬着头皮往下校。作为休息和调剂，读《阿英日记》二十页。夜，仍咳嗽得厉害，打针、吃药效果不明显。

二月四日

开始上班。吴兵来晤，他仍对诗歌情有独钟。校对第六辑《齐鲁英才》书稿清样。下午，去邮局查询汇款通知单。去古旧书店、图书批发中心淘书，一无所获。在古旧书店，曾翻阅过一册散页了的美国影星梦露的写真集，每幅照片都是那样俏艳，尤其是几帧裸照，美得使人产生不了任何邪念，梦露的身姿，乃是艺术的化身——那是一帧永恒的油画。

二月五日

校对第六辑《齐鲁英才》清样。省体育局高峰女士来托荐刊医学论文。张银来谈书稿校对事，应诺从快校之。

中午，济空毕思波弟引两位淄博同乡来晤，每人赠书三种并于五环美食城请他们吃海鲜自助餐。夕，陪岳母、阿玉、暄儿往趵突泉公园观看花灯会，两组大型花灯一为二十四孝故事，一为三十六计画展，与往年相较，这届花灯会比较单调，气氛亦不浓烈，可称为最平淡的一年也。倒是在扇面亭和观澜亭下悬挂的两只直径为二米的大红宫灯让人们开了眼界。八时，返家收看《水浒传》二集，渐入佳境。

二月六日

接北京书友孙桂升大札，云河北教育出版社出了一套《三味丛书》，作者为郁风、黄苗子、万成、蓝翎等，又云著名藏书家姜德明先生为北京出版社编了第二套书话专集八种，作者分别为夏衍、胡风、叶灵凤、曹聚仁、陈原、姜德明、倪墨炎、胡从经。看来京城的信息比外地还是快了不少，外在条件得天独厚，这亦是无可奈何的事情也。静心屏息，代张银先生赶校《西域平妖记》清样，文笔比我预想的还要好一些。

二月七日

记日记，校书稿，整理书札，看电视，悠悠一天就过去了。晚，开始读感动全美国的爱情故事，尼古拉·斯帕克思的中篇小说《岁月留痕》(原名《笔记本》)。

二月八日

天阴冷，于医院办公室内校对《西域平妖记》清样。十时，三叔家邓基成夫妇来晤，关于正在新兵营集训的邓鹏分配一事，如果能顺利分到省委警卫连来，挑一个好点的工作还是有可能的。兄长和嫂子的心思我明白，分配不好的话，我是对不起他们的。

中午，于冠亚大酒店请基成哥和爱美嫂子、基民弟吃饭，阿玉和暄儿同赴之。下午三时，读《沙汀日记》。

二月九日

致嘉兴秀州书局信，函购姜德明著作三种、曹正文著作一种，并建议《秀州书局简讯》每期附一存书目录，以便于四方文士购书参考；致淄博诗人郝永勃信并《淡庐诗草》一组。杨清禄兄来晤，建议他分担一部分书稿清样校对任务，得允，即付《西域平妖记》清样百页。

晚，应金绪弟之邀，约王冰院长去五环美食城陪省府机关医院王贤春院长吃饭，刘明林处长在座，喝白酒加啤酒，又唱歌跳舞，最后疯狂蹦迪，醉归，并于宿舍楼下呕吐了。

二月十日

致北京孙桂升信并《四季文丛》二种、《自牧致孙桂升信》清样三十五页；致东营马景峰兄信并照片三帧；致《联合日报》编辑隋春青信并文稿二题。得山西省沁源文友杨栋信，其弟杨朴信和杨朴执笔撰写的《灵空山》（签名本）一册，关于《杨朴作品选集》欲加盟拟议中的《百味文丛》一事，因八字还没有一撇，故不好立即应诺。暇中校对第六辑《齐鲁英才》清样。

晚六时，应杨清禄兄之邀与《文学世界》副总编王光东、济南市书法家协会副主席邢增庆于名泉茶艺馆小酌。茶艺馆备有数十种小菜和米粥，尤以各种烤饼最为适口，二楼茶室分三种档次，大厅普通客座，小型雅座和五个高档茶室分别名为富士山、珍珠泉、漱玉泉等，厅内名人字画大多为日式装裱，作品以周易研究专家刘大钧、专事儿嬉绘画的李学明兄的为多。另外，门口还挂着一幅“文革”期间济南造反派头头韩金海的字幅，令人大倒胃口。这种臭名远扬的所谓名人，是没有资格占此幽雅之所的。我们一行四人吃过粥之后，被服务生引入一置有书案的接待厅内品茶，一位服务生边为我们表演茶道边细细介绍茶船、茶海、闻香、品茶的各种讲究。我们品的是台湾高山乌龙茶，每壶一百六十元，请服务生表演茶道则加收一倍费用。据说入高档茶室每小时便收五十元房间费，入茶楼，亦是一种高消费活动，“喝茶”的人是不宜入内的。品茶是高雅的，但高雅一次，其代价又是昂贵的。品过十道茶后，趁兴推举增庆先生挥毫为茶楼留下墨宝一件，权作今日的品茶之资。名泉茶艺馆的广告语为：饮泉水，品名茶，赏茶艺，到名泉。

二月十一日

致博山刘敏信并《四季文丛》二种；致潍坊宋永利先生信并拙编拙著四种。午时，滨州诗人雪松至淡庐小坐，出示所藏字画同赏之。

下午，应邀去牟晓娟处晤，持赠拙编二种，论人谈书，甚洽。晚，值班。八时，于经八路上的一家小饭馆请由之小酌并吃水饺。

二月十二日

去大正印务公司印名片两盒。接上海朱亚夫先生信、名片并签名本《中华名人书斋大观》一册，杜产明、朱亚夫主编，赵朴初题签，徐中玉序，汉语大辞典出版社一九九七年版，三十元。是书收入中华古今近千位名人书斋斋名及其缘由，自公元前一七九年去世的西汉文学家司马相如的“长卿石室”，到公元一九五六年生人的自牧的“百味斋”，可谓收罗详备，洋洋大观。因敝斋忝列其后，故朱兄在信中云：“您的百味斋是关门殿后，可喜可贺。”

下午，诗友于晓明及女友一同来访，受赠自办刊物《橘子洲头》三期，设于桓台老家的“耕读堂”彩照一帧，斋额为胡絜青老人八十九岁时题写。为丰富其藏书，回赠《四季诗丛》、《四季文丛》十余种。书入爱书人、读书人之手，是得其所也。晚，约丁彭老去五环美食城小酌并采访原蓬莱阁管理处主任、画家杨周老人。杨老今年七十三岁，本名崔成善，画学齐璜，以虾蟹最为世人所爱。

二月十三日

赠三省室主人麦兰一盆，贺卡一帧，并在上面题旧作《致友人》一首。致上海朱亚夫、山西杨朴信，解释有关出书的不明事宜。如果今年最后决定再倾力主编一套《百味文丛》的话，我还是主张搞五湖四海，多收入一些外省文士的书稿。

夕，武鹰老师来晤，应禚厂长之邀，一起约请王冰院长及在海南、深圳淘金三年的旧雨史挥戈女士并其好友胡文娟女士去五环美食城小聚，因白酒、啤酒、红酒都喝了一些，归后呕吐了。妻子不悦，但也无法。

二月十四日

中午，应省新华书店副总经理李峰弟之约，去五环美食城参加他们的小学同学聚会，识杨健、葛宝源等。

下午，校对《齐鲁英才》书稿清样。晚，应由之兄约与刘明林、金绪、小庄一起去云亭饭庄吃涮羊肉。八时，又移至五环美食城唱歌跳舞。九时半，去丁彭老师处陪画家孙文松等打牌至子夜。今天中午和晚上各喝了一瓶“酒中正品”五粮液，低度的每瓶二百二十元，高度的每瓶三百八十元，想想真心疼！

二月十五日

校对清样。劳逸结合，自作调整。净化心宇，趋雅避俗。集中精力，校对《齐鲁英才》清样。

二月十六日

文友张银来，许诺加快代校《西域平妖记》的节奏。晚，校对书稿清样，因系一校，需改病句，故进展甚慢，一晚上能校出十多页，也就不错了。

二月十七日

精美印刷厂会计赵红梅送来改换封面、环衬的黄冠杰诗集《雨中向西》样书二十册。烟台作家林德梓来送印刷费五千元。枣庄市文联生昌义抵济请胡威夫妇于四川大酒店吃饭，应约前往作陪，在座的还有在《时代文学》帮忙的郭牧华与山东青年杂志社的王龙飞君，因主人胡威夫妇不饮酒，我们四人便觉少了一些趣味，匆匆一小时便结束了。

晚六时，于“根据地”——五环美食城请生昌义同学吃饭，并特邀王龙飞、王力丽、刘明林、陈金绪和小庄等人作陪，大家喝得尽兴，玩得亦十分开心，但闹得有点过分。

二月十八日

春雨淅沥，人人欣喜。中午，徐明祥冒雨来晤，协商后决定把苏州王稼句为他的书写的序言和我为之写的跋语冠以《潜庐听雨续书话》为题收入下一集《齐鲁英才》中。明祥主动提出再为我代校一遍《抱香集》清样，即予之。

下午，去省委礼堂参加省委办公厅行政处一九九七年工作总结会。晚，值班并陪暄儿输液。十时，觉疲累，即就寝。

二月十九日

邓小平同志逝世一周年忌日。别离邓公忽一年，苍天有情再哭之。中国巨轮破浪行，人颂小平有胆识。雨仍淅沥，人亦颂念。致《济南日报》随笔版编辑卢新先生信，为杨栋先生荐稿一题。委托大正印务公司印制名片两盒，名字改用我的手写体，背面为自书的《丙子述怀诗》手迹。

晚，收看为纪念邓公逝世一周年而专门拍摄的电视文献片《丰碑》。

二月二十日

母亲生日，一早就打电话过去祝贺。雨复绵绵，儿亦牵念，逍遥散淡，安享晚年。校对《齐鲁英才》清样。

晚，偕玉携暄，去附近的锦华美食城吃饭，既经济又实惠，尤其是省时。八时许，去丁彭老府上收看为纪念周恩来总理诞辰一百周年而拍摄的十二集电视文献片《周恩来》第一集。我问丁老："你说周恩来和邓小平相比，谁的历史贡献更大一些。"丁老不假思索地说："那还是邓小平的历史贡献更大一些，因为他倡导了改革开放，带领中国人民走向了富裕！"十时，赏读《聊斋题咏》一书。

二月二十一日

接隋春青信，即回信。校对《齐鲁英才》清样。永波侄儿自家中来济，建议他一定要力争留在部队，而后我再设法往山东调他。下午二时，带燕山的一八七号警车（省委书记开道车）与基民弟、永波侄去西郊吴家堡省武警总队一支队新兵训练分部看望春节前入伍的邓鹏侄儿，与两名负责同志就邓鹏下月分配连队事宜进行了协商。晚六时，金绪的朋友小庄在五环美食城请吃饭，带永波侄儿一同前往，在座的其他友人有林主任、王冰院长、刘处长等九人，微醺。

二月二十二日

八时，骑车去岳父家代阿玉送毛衣。九时许，带永波侄儿去趵突泉公园、万竹园游览。诸多名泉中，只有漱玉泉还在少量喷涌。

下午，赏读《聊斋题咏》。四时，去济南火车站送永波侄儿回长春。接博山刘敏同学信，云从十八日的《淄博晚报》上读到拙作《淡庐诗草》一组。一九九八年，为农历戊寅年，力争到岁末写出一组《戊寅杂咏》。

二月二十三日

办公室内换装铝合金门窗，到处乱哄哄的，心躁且烦，直想与人吵架。文友王东河、张银来晤，匆匆然归去。

晚，读《聊斋题咏》以静心宇。与致远斋主人、丁彭老等晤以遣其躁。虚灵明静，保持中和之性，实乃身心健康之根本，吾当时求自然之态，淡泊自适。

二月二十四日

打扫办公室内卫生，擦拭新装窗子玻璃。

中午，韩士梓老师抵山师大岭仁同学处，应邀去山师大南门附近的书林酒家吃饭，新识友人有《山师大学报》（自然科学）主编宋文玉教授，《中学生英语》主编刘教授，省教育学院教师王志珂、韩玉玲夫妇。学人相聚，是为雅集，甚觉舒畅。三时许，陪韩老师去岭仁的办公室小坐。韩老师在张坊中学教数学时，是七二级一班的班主任，未给我们上过课。五时许，接韩老师去五环美食城再聚之，特约老作家丁彭、周村人张成新、同事刘双作陪，于大厅中偶遇诗人黄冠杰，为此又多喝了好几杯。十时，送韩老师去山医大宿舍其儿子处住宿，返回后即就寝。

二月二十五日

接秀州书局范笑我先生短札并书四册，书票二枚：一为《烟雨楼坐雨》（清·秦炳文画）；一为《烟雨楼史话》一书的封面及题字（吴藕汀作）。函购的三种书为：《我珍爱的签名本》，上海曹正文著，孔伯容题签，邓云乡制序，十元。曹在《新民晚报》主持“读书乐”栏目，笔名米舒，意即“迷书”也。是书为《我珍藏的签名本》的续集。《书香集》，姜德明选编并序，华夏出版社一九九七年出版，十一元五角。此乃袁鹰、柳荫主编的《名家谈生活艺术丛书》之一种，敝斋还购藏有另外一种，即汪曾祺先生生前选编的《知味集》。《书摊梦寻》，姜德明著，北京燕山出版社一九九六年出版，九元五角。《烟雨楼史话》，为范老板所赠，吴藕汀、吴小汀著，吴藕汀题签并画，柯文辉序，味生居主人陆明撰代后记。范兄在短札中写道：“《中华名人书斋大观》也已卖完。我看过此书，最后的条目是你的‘百味斋’。”

二月二十六日

致上海文士米舒先生信并拙著拙编各三种，为求雅趣，于每册书的扉页上书旧体杂诗一首，诗题亦不外乎书人书事书趣。接近日《常熟日报》一份，其《虞山》副刊上刊有长沙萧兄代荐的淄川学生孙晓贞散文一题，即致责编俞小红信表示谢意，并代荐五莲寇峰随笔三题。读《名人书斋》以静心。

下午，山东师大朱岭仁学兄与夫人杨敏翻译来托我推荐出版一部有关英语文化方面的书稿，应允试之。夕，省立医院收款处高成菊主任相约去五环美食城吃饭，另外两位友人为济南交校的王主任和省国税局的一位女士。十时，读《书香集》。

二月二十七日

以一首《致友人》诗复博山友人刘敏，曰："书香缕缕蕴其情，鱼雁穿梭袒心声。人生难得是知己，忆昔还待白头翁。"致淄博诗友杨玉泰信并《疏篱诗草》二首。省美协副主席陈全胜兄来晤。予由他设计封面的《才子佳人传说》三册。杜在媛、武鹰来晤，武老送来他任主编的终刊号（一九九七年第六期）《文艺百家》四册。

中午，应陈弟之约，与诗友王力丽去五环美食城小酌。泛校《西域平妖记》清样，重点是诗词部分。晚，结算《四季文丛》收支明细账。读《王学仲散文选》。

二月二十八日

补记近日日记。泛校《西域平妖记》稿样。昨日的《山东青年报》刊出杨栋文章《自牧，散散淡淡写艺文》，即致信山西杨栋并转去样报。

下午，天暖气清，心绪尤佳，特约致远斋主人去南郊致远书店淘书，她购得米舒国外游记一册，我则购下了一册朱卓鹏主编的《中国民间收藏集锦》，朱卓鹏题签并自序，上海人民出版社一九九五年出版，三十五元。

五时，一路寻觅，想找家僻静的小店坐下来小酌一番，最后进了山医大门口一侧的杏林酒店，致远斋主人做东请我的客，我也就恭敬不如从命了。二人世界，没有任何干扰，十分惬意。八时，去丁彭老府上打牌至深夜，略蚀小钱。

一九九八年日记·卷三

三月一日（戊寅年二月初三 · 星期日）

值班。叶秀芹女士送来诗稿一组，受托代转《诗刊》一试。淄川李通昌与淄博师范教师牛国泰及其女弟子田春苗来晤，受托代转已刻名款的陶壶十件，受赠人为：张海迪、杜在媛、王冰、王玲、王兆山、王光明、孙美玉等。

午时，应约去五环美食城吃饭，特约吕剧《小姑贤》作者之一亓昌平主任一道赴之。饭后应约与牛国泰老师在王玲经理的册页上题字留念。三乐苑主人李通昌相赠《妙玉传奇》一册，享文（高歌东）著，百花文艺出版社一九九七年出版，十八元。接《秀州书局简讯》（第七十三期）三纸，其中有"山东自牧函购书三种"消息一则。下午五时，接乐陵郑向东先生信，即用电话作复。忽发奇想，计划与友人合作剪辑报刊上的文章，为邓小平诞辰一百周年而辑《邓小平的故事》和《养生集锦》各一册，并立即设立了专门档案夹。晚八时，与由之先生晤，甚洽。十时，选读《中华名人书斋大观》一书。斋名的立意，可从一个侧面反映斋主的道德修养和追求。

三月二日

九时，与万主任打的去省府机关医院办事并看望陈金绪弟。接二月十八日《淄博晚报》一份，其《夜聊斋》副刊刊出拙诗二首，题为《淡庐诗草》；接平阴张铭短札并《中国玫瑰》特种邮票一套二枚，首日封、纪念小型张、明信片各一枚。晚，张银先生来晤，嘱后天来取书稿校样。选读《中华名人书斋大观》，甚觉有趣。

三月三日

赶校《西域平妖记》清样。复校《洗犁集》新改动的字句，准备再加印一千册。作家，各人有各人的语言习惯，用语文教师的眼光去修改作品，我认为是不大合适的。通昌的这部散文随笔集，前后经过近十人的润改，已基本失去了他自己的用语习惯。

正式决定一九九八年再参与主编一套丛书。

三月四日

致长沙萧金鉴兄信并文稿一题。去电信局储蓄所续存电话费一千元。一九九七年计花去电话费八百元，最高的一月近百元，最少的一月近四十元。读王学仲教授散文二题。

三月五日（周恩来同志诞辰一百周年纪念日）

致嘉兴市秀州书局范笑我信，提出把前七十三期《简讯》并书票辑为一册纳入拟意中的《丰收丛书》内出版。博山张洪兴一行来晤，允诺其《听涛集》再加印一千册，这样一来，是书总印数已达五千册，作为编者，我们是感到欣慰的。

下午，去普林达印刷厂安排《听涛集》、《洗犁集》加印事宜。刻美术字近二十个。晚，于五环美食城请王冰夫妇、毕思波等小酌。

三月六日

读《济南日报·随笔》第二〇〇期纪念专版，作者分别为冯英子、张中行、董乐山、李国文、刘心武。入省教育书店淘书，无获。应王吉强夫妇之约，去其公司对门第一天开门营业的玉子酒家小酌，其他客人有由之兄和印刷厂的于庆国先生，放谈国事。

三月七日

值班。核算《四季文丛》来往账目。

中午，应王冰兄之约，去济空一所陪淄博来的战友喝酒，两桌转下来，微醺，即提前返回单位值班。下午三时，三省室主人送来瓶插杏花一束，瓶子为一古香古色之酒瓶，回赠花色正艳的刺梅一盆。文友张银来晤，予《西域平妖记》清样。晚八时许，应约去五环美食城陪林孔文、于光远、陈金绪等小酌，兴奋不已，酒力使然也。

三月八日

天气半阴且干冷。接《周易研究》（一九九八年第一期）一册。去银行兑付国库券一万五千二百元，利息加保值计得利润六千三百多元。核校《洗犁集》改动之处，无意间又发现别字二个。下午三时，去东图大楼访书，选购了三种：《梁漱溟全集》第八卷，中国文化书院学术委员会编，山东人民出版社一九九三年出版，二十二元。梁先生本名焕鼎，字寿铭，又字漱溟。是卷收录《思索领悟辑录》、书信和日记三部分。据日记题记云：一九五〇年以前著者偶尔写有日记片断。一九五〇年至一九八〇年，三十年间连续记日记，“文革”前曾一度被抄缴，全部丢失的有六年（五五、五八、五九、六〇、六四、六五），严重残缺的有四年（五二、五七、六二、六三），一九八一年起日记写作停止。《清风集》，袁鹰选编并序，华夏出版社一九九七年出版，十一元五角。《赵执信年谱》，李森文著并序。齐鲁书社一九八八年出版，一元五角。晚，应致远斋主人之邀与李岩夫妇去五环美食城三〇八房间小酌，颇为温馨。

三月九日

天阴冷，偶有雨点坠下。基民弟来晤，悉其妻下岗后已于日前正式出摊卖天津煎饼馃子，以补贴生计。

中午，读《刘鹗年谱》。晚九时，甚觉疲倦，早寝。

三月十日

山大耿建华老师来取李通昌送他的泥壶。接长沙于晓明信，即复之。中午，禚培志厂长来结算《四季文丛》印刷费，应邀去五环美食城小酌，即约王冰、杨清禄兄同往。

晚，不顾春寒与三省室主人去省体育中心体育场观看足球赛，结果由洋教练金正男执教的山东鲁能泰山队以七比八输给了韩国的全北现代恐龙队。九时半，去丁彭老府上打牌消遣。

三月十一日

协助省委办公厅老干部一处的同志，为老干部查体做准备。校对部分《听涛集》清样。选读《清风集》。戒烟不易，戒茶更难。

三月十二日

接北京书友孙桂升先生大札两件；接山西杨栋大札一件并《梨花村简讯》二份，其中涉及我的有两处。陈金绪一行三人来晤，尽力陪之。

中午，读《中华名人书斋大观》。下午，补记近日日记。晚六时，应《山东医药》戴良科先生之约，去新近开业的圣贤居大酒店参加友人聚会，其他客人有省卫生厅人事处董处长、毕处长，外事处丁处长，省委组织部齐处长，省档案局办公室姚主任。七人共喝掉茅台一瓶，五粮液三瓶，法国葡萄酒一瓶，既舒心又心疼，这种奢侈还是越少越好。“锄禾日当午，汗滴禾下土”，当时时铭记之。

三月十三日

去普林达印刷厂检查加印的《听涛集》、《洗犁集》印装质量。去大正印务公司送改样。读米舒先生之《珍爱的签名本》。

晚，值班。八时半，应由之先生约，去金利酒家小酌，心语切切，润脾爽人。

三月十四日

为征稿续编《齐鲁英才》向友人发短札五件。

中午，去大正印务公司取稿样，应李岩夫妇之邀，于隔壁大吉利酒家小酌，致远斋主人在座。四人世界，边饮边谈，不知不觉就到了下午五时了。六时，去丁彭老府上晤，再次敦促出版其散文随笔集。

三月十五日

九时，由之相约去省府机关医院看望金绪，因准备下午回周村，婉拒。校稿十页。

下午二时，搭乘长途汽车去周村。四时许，抵周村外贸宾馆，李国经、孙方之、安文平、宋肇水、黄永志、袁滨等友人先后来到，分赠每人一册《四季文丛》，另赠肇水兄一册《高启云书画集》。诗友袁滨惠赠《周村年鉴》（1993~1995）一部，王荣修主编，王同和序，齐鲁书社一九九七年出版，九十六元。六时，一同去吉星酒店吃饭，有几种家乡小菜尤为可口。七时，诗人郝永勃从张店赶来相晤，并商谈其《鲁迅写照》一书的出版事宜。九时，由肇水、袁滨陪同返回故里，因小叔的大女儿明日出嫁，家人们都在小叔家里，即径入祝贺之。十时，于老屋内与母亲和大姐说话至次日二时。

三月十六日

收看电视剧。九时，新郎家派来三辆汽车拉嫁妆，小叔家陪送的东西有摩托车一辆，二十九寸大彩电一台，洗衣机一台，被褥、毛毯、钟表等一大车。跟去装箱的计六人。十时，新郎带着六辆车来接新娘，叫门不开，送了红包，仍不开，又送，等了十多分钟，门才开开。在院内为新郎换西服，穿上一只袖子后开始索红包，新郎不给，嫂子妹妹们开始抬起新郎打夯，地下红砖包上了红纸，新郎无奈，掏出第一个红包，再穿裤子，又是折腾一番，最后新郎告饶并声明没有了红包，方才罢休。如此一闹，气氛热烈，来客和家人均围观并不时哄笑。十时半，新娘盛妆被人用椅子抬至胡同口，由新郎抱入轿车内……作为娘家陪客，我们男女各六人，其中下一辈的去了两个，其他皆为同辈。车队开出村子之后，没有直接去新郎的村子，而是拐弯去了留旗院逛商店去了。这是一种新风俗。到了商店门口，车子一停，接客的人下车让伴娘为他们买烟买糖慰劳之，伴娘不从，又要“打夯”闹腾，最后新娘递出红包，接客买了烟糖分了这才心满意足地继续赶路。

十一时，车队驶入杏园村，于新郎家门口又是大闹一番……我们一行十二人被让入堂屋入座。负责我们这一桌陪酒的吕丕江竟是我高中时的同学呢。下午四时，返回家里，即躺下睡去。谁说喜酒不醉人，乃是未到量足时。

三月十八日

值班。初闻戊寅春雷之声，遂降雨。校稿。致潍坊文友宋永利信并文稿清样。朱镕基当选为新一届国务院总理，全国人民对他寄予了很大希望。刚正、不贪、务实是其特征。

晚，牛明通老师的岳母来院输液，冒雨前往安排之，得与由之兄短晤之，甚悦。

三月十九日

雨止，降温。

上午，去普林达印刷厂送书稿清样，接《秀州书局简讯》第七十四期四页，其中有一段为我致范笑我老板信的摘抄，我想把前七十三期《秀州书局简讯》纳入拟议中的《丰收丛书》出版的想法，就等于公之于世了。下午三时，借用省委宣传部的车去基民家接母亲回来，因出去游玩去了，空归。四时，去省纪委培训中心看望在此开会的德州市文联主席刘承智兄。六时，于五环美食城请刘主席吃饭，特邀王冰、武鹰、陈金绪、李岩、王仕莒等十人作陪，在大家唱歌跳舞期间，用仕莒的奥迪车去基民处接母亲回来，然后又返回酒店陪大家狂欢。

三月二十日

致京华孙桂升先生信，表述对日记书籍的热衷并托为代觅。午，与金绪弟去五环美食城小酌。

下午，校稿。读书。宦海浮游，有时也身不由己，成功与失败往往仅一步之遥。进为成，退则败，有时退也是为了进。

三月二十一日

接潍坊文友宋永利先生信及文稿一部；接乐陵郑向东先生小说稿一部，名曰《托起太阳的人》。校稿。读书。

晚，浏览新到杂志《大众电视》、《知音》、《人到中年》。

三月二十二日

李耀曦兄来淡庐晤，云正在为明年老舍先生诞辰一百周年而筹备出版《老舍先生在济南》一书和电视专题片脚本。及午，淄川李通昌带车来拉加印的《洗犁集》一千册。中午，陈弟于五环美食城请吃饭，母亲、阿玉、暄儿、李通昌、王冰同赴之。

下午三时，母亲乘通昌的车去周村基华妹处小住。四时，随由之、金绪、崔燕去英雄山下广场摸“同心乐”募捐奖，每券二元，即兑即开，最高奖为桑塔纳轿车，我分四次买了一百三十二元的，陈分四次买了三百元的，皆献了爱心。彩票，其偶然性早已决定了不会令大多数人满意而归。运气在天。五时，四人同登英雄山顶观景。六时，去五环美食城吃海鲜自助餐。

三月二十三日

阿玉突发无名之火，起因为颇为不满母亲的一些想法，躲避之。省档案局刘崇新处长相赠红盒极品云烟一盒，官价八十元，时价过百元。致烟台诗人朱相如、长沙熊剑信。接香港天马图书公司蓝海文先生信并自费出书启事、小传材料。中午，因忘记带家门钥匙，与暄儿去五环美食城便餐。

下午，杨清禄兄来晤。去省委机关印刷厂取委托许文兄装订的日记手稿及友人书札凡四册。晚，读书以自娱。敢说敢干，敢于承担责任，方能赢得人心。

三月二十四日

去大正印务公司送稿。致潍坊宋永利信并文稿清样；致德州新华书店总经理刘强先生信并拙作拙编各一种。

下午，参加例行周会，学习政府工作报告。

三月二十五日

接天津刘宗武先生信，悉为孙犁老代编的十本散文集已与山东画报出版社签了合同，甚为高兴。能为孙老做一点实实在在的事情，是我们这些孙犁作品痴迷者的共同心愿。接淄川牛国泰先生大札、书法作品及编著的书法基础训练课本《写字精讲》各一件，启功题签，北京师范大学出版社一九九五年出版，八元八角。受赠的书法作品内容为“胸无俗气精神爽，座有高谈眼界开”。

三月二十六日

誊改《省委机关医院一九九八年工作计划》。下午，去医院驻地办事处参加杆石桥地区社会治安综合治理工作会议，签订《一九九八年社会治安综合治理目标管理责任书》，王院长为治安委托人，我为治安责任人。利用开会间隙，读完了任全书先生的《初斋诗稿》。

三月二十七日

应杨清禄兄之嘱，为省委政策研究室副主任李继堃设计古体诗集《时代颂歌》内文版式。武鹰老来商谈《丰收丛书》编选事宜，确定放弃编选小说集，仍以散文随笔为主。编选以文取人，重视质量。

三月二十八日

校稿三十页。中午，应庄超成之邀，与刘明林、陈金绪、李岩夫妇去五环美食城聚会，王吉强弟大醉。

三月二十九日

接诸城文友管炳圣信，告知一九九八年五月六日（立夏日）将在他任教的学校举办百尺河初中第一届日记节并建立日记基金会，盛邀出席并题辞祝贺。拟题辞并寄赠二十册《人生品录——百味斋日记》以贺之。

下午，收看一九九八年甲A足球联赛实况转播，结果折损了三员大将的山东鲁能泰山队以一比一逼平了拥有四名国脚两名外援的四川全兴队。虽平犹胜，这个结果球迷是满意的。五时，应王冰、王新胜兄弟之约，随车去华山镇菜园村走亲戚并参观其表弟开的大理石加工厂和汽车配件门市部。

晚七时，同去村内的梦圆楼酒店吃饭。九时归，与致远斋主人晤并赠送松枝一支。

三月三十日

读孙国章兄诗集《无鱼之河》。垂钓无鱼之河，实修身养性也。十一时，应王冰院长之邀，去济南军区总医院（九〇医院）参加淄博老乡聚会，与淄博市机电总公司副总许长富先生、总院泌尿科主任李炳琴、烧伤美容科主任王彪等十人相识。他们一九六八年三月七日入伍离淄，为庆祝离开淄博五中三十周年，齐心协力喝了三十瓶啤酒。

下午三时，随车去省农业开发总公司看望刘建业总裁。四时，又随车去济南铁路局军调处看望李主任。五时，不得不又随军区营房处孟处长去军人服务部的金山宾馆再聚。七时半，被罚喝三杯啤酒后，离席去五环美食城参加另一个友人聚会，刘、陈、庄三人已等候多时，我若不去，他们就不会点菜。这是疯狂的一天，放纵的一天，应该自责的一天。身不由己，也是一种极大的悲哀。十时，返回淡庐，仍兴奋不已。

三月三十一日

阴。致北京陶然书画院院长马南坡信并付邮五千元，代友人订购“驴图”七幅（四尺三开三幅，尺幅小品四幅）。下午，降雨。闲来无事，入对门省教育书店淘书，得于光远教授新著《我的编年故事》（二十岁以前）一册，河南教育出版社一九九六年出版，八元二角。

晚，雨雪交加，如返冬日。应武鹰老之约，去五环美食城参加友人聚会，与康辉国际旅行社总经理万东林、武警济南中队孟政委、石政委识。九时许散席，仍漫天雪花大如席，这种景观，就是冬天也极难见到了。十时，拥衾选读《我的编年故事》三十页，引发童年梦想许多。

一九九八年日记·卷四

四月一日（戊寅年三月初五 · 星期三）

雨过天晴，草丛覆雪。接潍坊文友宋永利先生信及校样。补记近日日记。

下午，参加医院例行周会，十分乏味。

四月二日

去省委办公厅老干部处为离退休老同志办理优先证。尊老是一种传统美德，应该大力发扬。由之兄来还书三种。

下午，去大正印务公司取书稿清样。晚，校对《齐鲁英才》清样，调整篇目次序。

四月三日

潜庐主人徐明祥送回代校了一遍的《抱香集》清样，甚为感谢。校稿二十页。夏津县文友宋云亮送来文稿一篇。

四月四日

清理旧账废物，为新买的书腾地方。接北京书友孙桂升兄大札，情绪稍躁；接苏州王稼句兄汇款九百八十元并简短附言，云为《无斋有话》、《邻近上海》、《青杏小集》三书的邮寄费。稼句乃君子也。

下午，由之兄来晤，甚洽。新林弟来托人装裱常春月画的

《墨竹》一幅，连同自存的一幅马南坡的《六驴图》交由之转友人装裱之。晚，于五环美食城请李岩夫妇吃饭，遇省立医院收费处高成菊大姐在隔壁房间陪青岛的客人吃饭，遂过去敬酒三杯。

四月五日 （清明节）

于办公室内校稿。暄儿十六岁生日。

中午，于五环美食城请阿玉和暄儿吃饭，王玲经理、吴广峰厨师长作陪并送了几道大菜。吴不日将到其他饭店另谋高就，特送他拙编二册并即兴题诗一首作为纪念：

缘之五环相识晚，情谊相递超从前。
食苑巧手吴广峰，从此百花客流连。

四月六日

《齐鲁英才》第七卷今日三校完毕。致苏州王稼句、枣庄李华丰、滨州李长英、济宁陈宝旗信各一封。中午，读《胡绳诗存》。

下午，去省卫生厅保健处办事。夕，值小夜班。晚八时半，应王吉强夫妇之约，与由之去经七纬一路路边啤酒摊吃烤羊肉串，济南新华印刷厂于兄慨然相赠他们厂印刷的《诗词韵律》样书一册，徐志刚编著，李子超序，济南出版社一九九二年出版，二十六元。

四月七日

于济南市文物店选购圆柱体印章石料一块，价五元二角。

于东图大楼购得新书二种：《威尼斯日记》，阿城著，作家出版社一九九七年出版，十二元五角；《白鹿原》（修订本），陈忠实著，人民文学出版社一九九七年出版，二十二元五角。接九〇医院王标主任信及文稿一题。

四月八日

八时许，去山东画报出版社访汪家明总编，不遇，遂入《老照片》编辑部看望诗人吴兵，得与冯克力主编正式相识，受赠《老照片》第一辑一册，第五辑二册（每册定价六元五角）；《万山层林·李可染》一册，李松著，山东画报出版社一九九八年出版，十四元。接北京画家马南坡居士特快专递邮包一件，内装书札一件，驴图四件，书法作品两件，《马南坡书画集》一册。《马南坡书画集》扉页前有迟浩田将军题辞“驴背吟诗”，河南美术出版社一九九五年出版，六十八元。

下午，读《老照片》第五辑。为参加技术考核的人员填写报表。晚，读修订版的《白鹿原》二十页，开篇颇为引人。

四月九日

杆石桥派出所要人去参加省委机关宿舍户口清理工作，医院让我先去看看。八时半，我去了，因可能需要一个月时间，遂婉拒，警区民警陈岩兄允之。为践前诺，赠他拙编二种。其间诗人雪松曾来访，不遇，即返回滨州。《齐鲁英才》第七卷今日付印一千一百册。接第七十五期《秀州书局简讯》三纸并新版书票四枚。

下午，参加科主任会，代表办公室七名同志向院领导提建议九条，因涉及的问题较敏感，估计有的院长会对号入座。说实话，办实事，刚直不阿，宁折不弯，乃自牧之个性，今生今世，怕是顽固不改了。四时，请假赴由之兄之约去东图大楼和古旧书店淘书，得《热河日记》一册，书款二十五元由由之兄代付。六时，入同福酒楼小酌。七时半，应由之兄盛邀去大观电影院观看该院花费六十万元巨资购买省城独家放映权的美国顶级片《泰坦尼克号》，开演前播放广告近十段，是为纯商业行为也。这的确是一部巨片，第一感受是大制作（投资二点五亿美元）、大投入、大场景、大故事，中国目前拍不了，也拍不起。花三十元看一场电影，值！

四月十日

文友张银来晤。读杨栋著《荫园小品》。

下午，阳谷县刘玉立来访。散文作家刘烨园兄来晤。六时，代燕山兄邀约济南铁路局局长秘书孙燕磊和济南铁路局医院沈院长去省委文秘培训中心小酌，协调燕山兄的弟弟工作调动事宜，引线人徐庆光兄亦同赴之。助人为乐，需要付出，从中也自得其乐也。

认真读书，自由生活；
不是神仙，胜过神仙。

——自牧自题

四月十一日

去普林达印刷厂安排《齐鲁英才》第七卷印刷事宜。及午，省委党校张达教授来咨询印刷行情，本着又快又好又省的原则，应允代为安排印刷由他和山师大李夜平主编的一套文学评论集。中午，代禚厂长于五环美食城招待各路朋友，他们为：省新华书店批销中心副经理李峰，山东青年杂志社美编王龙飞及他的新友、太阳神集团驻济办事处张主任，张达，邓暄等，席间与李峰基本达成这样一种意向：《四季文丛》选取十种各印一千册，委托他批销。下午三时，三省室主人来晤并借书，甚洽。晚，去丁彭老府上小坐后返庐续读《白鹿原》三十页。

四月十二日

值班。阳谷刘玉立来陪坐了一上午，颇不耐烦，计划中要做的事只好泡汤了。

中午，与玉立、暄儿一同去五环美食城小酌。下午三时半，一边值班一边收看一九九八年甲A足球联赛第五轮的比赛直播，结果鲁能泰山队客场二比三败给了弱旅松日队。金正男帐下缺兵少将，乃巧妇也难为无米之炊也！六时，应王龙飞兄之约，去五环美食城参加友人聚会，蓬莱友人崔跃先生一家及金绪夫妇在座。十时，读《白鹿原》十页。

四月十三日

早餐后读《白鹿原》十页。致阳谷县刘玉立同学信并介绍函一件；致淄博诗友沈琪信并征稿函二件。张银先生持已三校的《西域平妖记》扉页、目录来征求意见，即动手为之设计了一个新环衬以取代原来的扉页，并提议由柳原兄题写书名。九时，去普林达印刷厂校对《齐鲁英才》第七卷封面清样，拣得他们为千佛山兴国禅寺翻印的《觉海慈航》（校正本）、《灵程指引》（莫林诺著）各一册。读杨栋著《荫园书话》，书中有许多地方涉及到我，故读来倍感亲切。

下午，为“五好文明家庭”席振明大夫整理上报材料。夕，代禚厂长于五环美食城招待朋友，应约前来的有武鹰、杨清禄、梁济生、刘双、李岩、王吉强等，气氛尤为热烈。

四月十四日

致北京孙桂升先生信并《老照片》一辑、五辑各一册。付大正印务公司照排费一千元。

下午，读杨栋散文三题。晚，从六时到十时续读《白鹿原》，许久没有如此心境了。沉下心来，与书为伴，超然物外，自修自乐，此后当时时以求之。

四月十五日

刘双去大观电影院看好莱坞巨片《泰坦尼克号》了，代她收款一上午，暇时选读《荫园小品》。

下午，去普林达印刷厂与禚厂长商谈《四季文丛》（十册）加印事宜，初步确定加印一千套。晚，应金绪弟之邀，与王冰院长同去五环美食城小聚，王玲大姐特意让服务员到街上买来了苦菜和酱油螺蛳，甚为感激。

四月十六日

晨七时左右，天气昏黄，并不时降一阵泥雨。据专家云此乃飞沙天气，为一夜南风所至。致嘉兴范笑我兄信，敦促决定编辑出版《秀州书局简讯》。分别向各地友人寄出二十余件关于入选《丰收文丛》的启示。

下午，应燕山兄之嘱，乘他的警车去济南铁路局医院拜晤沈德炜院长并赠书四种。夕，委托李岩打印《齐鲁英才》第八卷《征稿启事》二十多份，然后于五环美食城请李岩夫妇小酌，致远斋主人作陪。

四月十七日

去省财政厅购买门诊收费票据，在省委大门口偶遇山东省委书记吴官正步行“领着”一二百人的上访队伍去省委信访局处理问题。忙中偷闲，续读《白鹿原》。

四月十八日

值班。校对书稿清样。接山西文友杨朴先生信，云拟加盟《丰收文丛》的《杨朴散文随笔选》因经济原因不得不暂时搁置，甚憾。

下午六时，找人替班，去五环美食城参加金绪弟的生日宴会，应邀赴会的客人有：我们一家三口、林孔文一家三口、张和平一家三口、王贤春夫妇、王冰夫妇、刘明林夫妇、甸柳派出所祝所长夫妇、王龙飞、庄超成、于光远，热情热烈，温馨温暖，因为大家都是好弟兄。

四月十九日

今日气温气象台预报为三十摄氏度，实际则达到了三十三摄氏度。接长沙于晓明信及文稿、名片各一件，名片上方印着“写诗卒子·爱书虫·鲁冰”。鲁冰为晓明的笔名之一。十时，博山区委组织部副部长赵德送来博山石门山香椿三捆并代洪兴部长来拉上次加印的《听涛集》五百册。

下午二时，约由之君去山东省美术书店淘书，得刘光祖编著的《写竹百家》一册，董寿平题签，黑龙江美术出版社一九八九年出版，十八元五角。三时半，返回淡庐收看足球比赛实况转播，结果泰山队主场二比〇胜深圳平安队，两粒入球均为以二百零一万元由国安队转来的“京都球侠”邓乐军所射进，令人鼓舞。晚，赏读《写竹百家》一书中竹画百余幅，遂萌生倾心写竹之意。写竹者，亦大都写兰，故当以写竹写兰为自牧学画之第一目标。九时，续读《白鹿原》三十页。

四月二十日

接苏州王稼句兄大札，云又有一册随笔集找到了婆家，甚为高兴。接嘉兴范笑我兄大札，感激之情溢于纸上，但《秀州书局简讯》汇集出版尚不能确定，因为此前汪家明兄曾表示过有兴趣，但要筛选，如果山东画报出版社弃之，我将设法揽过来，以圆初梦。范兄坚持一女不嫁二男，此乃君子之行也。

晚，放弃一切社交活动，集中精力研读《白鹿原》。由电视新闻节目中获悉，陈忠实的《白鹿原》今日在北京获得了“茅盾文学奖”，可庆可贺。

四月二十一日

热甚。去普林达印刷厂送稿样，特意持赠制版工高迎波同志的女儿儿童玩具两件，花糖两袋。高对《四季文丛》的顺利出版是作出了贡献的。武鹰老来晤。晚，应陈兄之约去五环美食城陪徐智、张和平吃自助餐，分赠他们《四季文丛》各一种。

四月二十二日

热甚。读《写竹百家》二十页。

下午五时，降暴雨。打的去五环美食城参加友人聚会，旧友有陈金绪、刘明林、庄超成、崔然琳、陈建平，新友有书法家刘繁昌等。九时，与厨师长吴广峰、王玲女士晤，畅谈了美食的制作。

四月二十三日

接北京孙桂升兄大札，即复。读《白鹿原》、《孔孚集》。文友张银来晤。夕，应陈弟之约去五环美食城陪蓬莱客人崔跃一家小聚，热菜上得太慢，遂向领班王燕玲提出抗议。

四月二十四日

与会计小吕去省物价局送审九七年度收费单和收入账目。续读《白鹿原》。偷闲踅入山东教育书店淘书，无获。夕，淄博文友焦耐芳一行来济办事，于五环美食城做东宴请之，新朋有省电台编辑王伟，旧友有邢进、诗人谭延桐、路也及刘双、张翊等。

四月二十五日

接上海友人朱亚夫先生大札并《中华名人书斋大观》一部，新著《黄昏风景线》目录一份。所赠《中华名人书斋大观》因已存有签名本，故拟转赠三省室主人。九时，去普林达印刷厂监督装订《齐鲁英才》第七卷。《白鹿原》今日读完，即推荐给由之阅读之。

晚，应李岩夫妇之约，与由之等人去其工作室内小酌，风味小吃爽口，友善放谈无忌，图得一个随意温馨也。

四月二十六日

夏津宋云亮携子来取样书四十册，应邀在其纪念册上题：《自嘲》诗一首，“见贤思齐”四字。

午，于五环美食城请宋氏父子小酌，特约禚厂长作陪。宋使用的打火机上烙刻着一句诫语：“出门在外，太太交待，少喝酒，多吃菜，办完事，快回来。”当妻子的见了，一定会高兴。下午三时，收看甲A足球联赛实况转播，结果鲁能泰山队以二比〇战胜了军旅八一队。晚，读《白话庄子》。

四月二十七日

致上海朱亚夫先生信，为感谢再次赠书之谊，特意题诗一首：

千年文脉因袭远，书斋林列蔚大观。
海上雅士辟蹊径，敝斋百味忝其间。

读《孔孚集》三十页。夕，与陈弟、庄弟去五环美食城小酌。十时，读王稼句兄之《补读集》。

四月二十八日

为纪念山水诗人孔孚先生逝世一周年，再次捧读《孔孚集》。武鹰老来晤。郓城县文友潘永修来晤。下午，陪山东省妇女儿童活动中心音乐教师李同娟女士去山东大学宿舍拜访古代汉语博士生导师路广正教授，目的是请其辅导一下职称晋升中的古代汉语考试。路老师去年在韩国讲学一年，归来后仍然苦守书斋做学问，浮躁世态中，能心寂于偏科冷门，更觉得殊为可贵。作为他的学生，特意呈上我的几种著作，是为汇报学习成绩也。路老师签赠了一部《训诂学通论》，华夫序，天津古籍出版社一九九六年出版，十九元八角。

晚六时，应吴广峰夫妇之盛邀，与王玲大姐、李岩夫妇、陈弟、庄弟一道去经三纬四路艺苑大酒店（陶钝题字）吃饭，气氛友好温馨。十时，降温近十度。

四月二十九日

天凉气清。诗友宋凡相赠《蒲松龄事迹著述新考》一部，袁世硕教授著并自序，齐鲁书社一九八八年出版，四元九角，为吾友周晶先生责编。接淄川吴犟先生信。致博山刘敏信（写在书的扉页上）并《齐鲁英才》第七卷一册。

中午，禚培志厂长于五环美食城请吃饭，邓暄亦同往。下午，兴奋不已，酒力所致也。晚，去丁彭老府上打牌，小输。

四月三十日

天降雨，人享福。仇瑛兄来晤，劝其收藏要向精专方向发展，因为百庸不如一精也。画家孙文松送来山水画一幅，由他任美编的《祝您幸福》杂志两期，回赠他拙编二种。孙兄为于希宁大师的弟子，画风朴实不扬。

晚，值班。八时半，应致远斋主人之邀去云亭饭庄吃涮羊肉。围炉夜话不知晚。

一九九八年日记·卷五

五月一日（戊寅年四月初六 · 星期五）

雨，困守淡庐，读《中国历代题画诗词全璧》竹、菊二部以自娱。下午，乐陵郑向东、宋万信来取《齐鲁英才》样书。

夕，雨霁。陪阿玉去赤霞岭下散步并逛百旺商城。八时，去同院丁彭老府上打牌，因阿玉在场，故手气特好，大赢。

五月二日

去普林达印刷厂送稿样。中午，应文友李耀曦兄之约去五环美食城参加友人聚会，因对菜的质量颇为不满，一怒之下，便找了田总经理。老田表示，事后马上整改。

夕，应陈弟之约往四川大酒店品尝自助川式火锅。九时许，由之兄赶到，又应邀去对门之泉城大酒店夜总会跳舞，吃得顺心，玩得开心，中午生的一肚子气才云消雾散了。赶回家时，已近午夜，读书半小时后睡去。

五月三日

接杨玉泰补寄的一九九七年十月一日《淄博声屏报》一份，其副刊版刊出《淡庐诗草》一组；接《秀州书局简讯》第七十六期一份。整理日记手稿并复印存档。

下午三时，收看甲A足球联赛实况转播，结果大连万达队主场以五比一大胜鲁能泰山队。六时，应名泉茶艺馆刘总之邀，与杨清禄、王玲、阿玉、自然等前去品粥品茶，心静神弛，倍感逍遥。

五月四日

风风火火又一天。九时，与孙、万二兄去海尔空调器专卖店、三联商厦考察一九九七年最畅销的空调器是哪一种，结果是海信最好，海尔次之。

午，应陈弟之约，去五环美食城陪崔燕父母吃饭。下午，与孙、万去三联商厦为医院订购海信牌空调三十二台。晚，与杨清禄兄分别约朋友去首府大酒店聚会，诗人张寿彭带朋友四人参加，与青年画家于文江、王建中识，受赠《于文江画集》一册。其他友人有刘丽萍、刘静、刘双、董学章等。张诗人表现粗俗，令人脸红，酒后醉画字幅若干，反而颇见功力。记住：为守清朴，远小人之外还要远俗人！

五月五日

接济宁作家陈宝旗信，对其为人为文的认真态度表示欣赏。张银持《西域平妖记》封面设计图稿来征求意见，力主再次修改之。去省委办公厅人事处办事，赠鲁红拙编一种。

下午，去省红十字会培训中心参加省卫生厅保健处召开的关于微调部分老干部医疗待遇座谈会。晚，觉气郁不畅，特约三省室主人相晤而倾吐之。倾吐积郁，关键在于对方能够表示理解，理解才是心灵沟通的基础。

五月六日

致苏州王稼句、山西杨栋信并《齐鲁英才》第七卷样书各一册。分发职工购房申请登记表。

下午，参加例行周会。仇瑛兄来晤。六时，于五环美食城请仇兄小酌，仇约同事小王，我约同事小刘作陪，四人共喝掉金奖白兰地一瓶，张裕干红葡萄酒三瓶，啤酒四瓶。大概一因近日心情不佳，二加上有某些嫉妒心理作用，借酒发泄积郁不止，后大醉呕吐而归。这是在由之面前第一次展示劣根性，也不知兄能理解否。下不为例，下不为例！

五月七日

天阴，继之降雨。接四月廿七日《常熟日报》一份，其《虞山》副刊刊出《淡庐杂咏》一组，责编为俞小红同志。主动打电话向由之兄承认错误，为昨晚的酒后失态而自责。静心三省，觉得进入一九九八年以来心狂气盛，颇为自负。既察之则改之，力戒狂躁、贪欲。致常熟俞小红信并书二册，又《百味斋诗稿》一组。

五月八日

自省之后，废办公桌文具盒上“不教一日闲过”座右铭，新立“戒浮躁、狂傲、贪欲”之自谏，以求向善向雅，修行改性。午时，淄博焦耐芳一行来济送电视风光专题片，应邀去五环美食城陪省电视台编辑小酌，讲笑话两个。

下午，编稿，情绪低沉，遂辍。晚，省电力医院办公室张主任相邀去五环美食城吃饭，王冰院长和济空机关医院邢院长同赴之，军人作风，干净利落，令人欣赏。

五月九日

细雨霏霏，甘守淡庐。校对稿样，整理去年作品剪报。选读《孙犁文集》第八卷。

晚，降雨。校稿三十页。

五月十日

校稿。选读《孙犁文集》第八卷。

下午三时，收看一九九八年甲A足球联赛实况转播，结果山东鲁能泰山队以三比一力克延边敖东队，再一次大长了志气。鲁能泰山正在走出低谷。

五月十一日

校稿。午，应陈弟之邀，与王吉强于五环美食城小酌并安排明日陈弟之宴会。

晚，读《中国古今题画诗词全璧》。

五月十二日

校稿。填写住房登记表，一式二份，另一式五份，计七份。晚，金绪弟在五环美食城设宴席两大桌，为其女友十八日赴美送行，应邀出席为崔燕小妹送行的有崔燕的父母、刘明林、王冰、王贤春、于光远、张和平、王玲、林孔文、徐工、吴大夫、徐大夫、王护士、李护士、高咏辉、荆小妹、阿玉、自然等，共二十四人。为表示心意，经与阿玉、由之商量，专门购买了一对高级情侣表相赠。寄希望他们长相思，不相忘，情谊地久天长……

五月十三日

办公室内安装空调器，钻孔打眼，噪音刺耳，遂躲之。校稿二十余页。

晚，于五环美食城请李岩夫妇及友人小朱、小翟吃饭，感谢她们加班加点为我打排稿样。

五月十四日

《大众生活报》将于明日改刊，特买一份终刊号珍藏之。校稿。中午，武鹰老来晤，相邀去五环美食城喝啤酒，阿玉、自然同赴之。

下午，校稿。夕，阿玉去育英中学开毕业生家长通报情况会，回来时已近九时，适李岩夫妇来电话相约过去吃烧烤，遂赴之。吉强于门头房门口支起木炭烤炉，自己动手烧烤鱼片、鸡肉、羊肉，鲜嫩可口，令人留恋，离开时并为暄儿装了一袋，以鼓励她孜孜以学，为顺利考上山东省实验中学而拼搏。

五月十五日

上午降雨。专门购存一份今日创刊的《生活日报》，其中有一张豪华版彩页是赠送的。

夕，于五环美食城请枣庄市文联生昌义吃饭，特约红路、杨清禄、王龙飞、禚培志、刘双、曹大夫作陪。十时半，因饭店的音控室私自关机，众人赌气清唱京剧半小时……

五月十六日

八时半，乘K36“金贵号”快速列车陪金绪弟送崔燕小妹去北京乘机赴美国旧金山。一路上陈崔二人埋首而睡，我一边照看行李一边读《十大清官》一书。

下午二时许抵北京站，先期抵京的致远斋主人于细雨中接站，即一同打的去朝内南小街上的枫园宾馆下榻，每间客房二百三十八元，但设施一般。稍事休息后，一同出去逛街购物，于一家中国书店分店觅得新版现代书话丛书（第二辑）四种，姜德明主编并序，分别为《夏衍书话》、《陈原书话》、《倪墨炎书话》、《姜德明书话》，北京出版社一九九八年出版，每册定价均为十六元。五时，陪崔燕去四星级的兆龙饭店取机票。夕，于枫园宾馆附近的一家酒店内小酌，四人世界，融融洽洽，实不易得。九时许，宿一〇四房间，梦中情形，刻骨铭心，桃花源中，留仙迹行行。遂成诗一首，曰《枫园留梦》——

槐荫浓稠覆京畿，枫园留梦长相忆。
人生难得任逍遥，试问何日写双期。

五月十七日

晨七时，沐浴，心情出奇得好。九时，外出去天安门广场游览。因包内带有大宗美元和人民币，故放弃了寄包后去人民大会堂和毛主席纪念堂的机会，只围广场转了一圈，照了许多相。十时，陈陪崔燕回宾馆，我则随致远斋主人去了北京图书馆附近的燕城饭店小酌。

下午一时，与致远斋主人赶回枫园宾馆与陈、崔会合后一块打的直奔首都机场送崔燕启程飞往美国旧金山。首都机场候机大厅内人来人往，十分繁忙，真是不到首都机场，不知道出入境的人多。又分别照相数帧。五时，与陈移住北图附近的中国空间技术研究院招待所，陈弟情绪十分低落。六时，一同去首都体育馆附近的一家风味小吃店内小酌，至晚上十一时，每人喝燕京牌啤酒五瓶。一夜朦胧，不得深眠。

五月十八日

八时，致远斋主人赶到，即一同去附近的永和食坊吃早点，日式风味，别具一格。九时，三人相约去圆明园遗址公园游览，因时间紧迫，加上陈弟不喜欢游山玩水，只游了一小部分，小憩时打保龄球半小时，成绩优秀。中午，应致远斋主人之邀，去北京舞蹈学院门口的一家韩国风味酒店小酌，酒足饭饱之后，郑重向继续留京办事的致远斋主人道别，然后与陈弟去北京站乘K35次快速列车返济。在候车之暇，于车站书亭购得新版《牛棚杂忆》一册，季羡林著，中共中央党校出版社一九九八年出版，十九元五角。编者云："这是一部用血换来的和泪写成的文字，这是一代宗师留给后代的最佳礼品。"一路上，以读《牛棚杂忆》消磨时光。

晚八时下车后应张和平弟之约径去经一纬九路烧烤一条街吃烤羊肉串。烟熏火燎的街道两侧，摆满了各式啤酒摊，卖唱的艺人或拉或弹，直着嗓子叫喊，一曲五元，点歌的人还真不少呢。到十时离开，估计吃了有七十五串烤羊肉。

五月十九日

接天津刘宗武寄来邀请函一份，相邀六月二十日去天津日报社参加孙犁创作学术研讨会。因自然中考，恐难成行。去普林达印刷厂检查加印的《四季文丛》印装质量。

晚，沐浴后去赤霞岭下散步，树林中有摆卡拉OK摊的，听了一会儿后，返庐续读《牛棚杂忆》。读书比听歌更适合于我。

五月二十日

致北京孙桂升信；致乐陵郑向东信；致济南日报社逄金一信并文稿二题。

晚，读《牛棚杂忆》。牛棚血与泪，读来心不平。

五月二十一日

去省委办公厅人事处复查职工房改登记表并盖章。致《济南日报》编辑刘而福信并拙墨一件。接《上海老年报》朱亚夫先生信并《黄昏风景线》书稿一部。读《牛棚杂忆》。

夕，应邀冒雨去五环美食城吃饭，李岩一家三口，张达教授两口，我们一家三口在座，李岩做东，其情殷殷，其乐融融。张达和山师大李夜平主编的一套文学评论丛书经我协调，决定交由李岩主持的大正印务公司打字排版。此事酝酿了半年，今日终于有了一个好的结果，我颇得意。

五月二十二日

去省委办公厅保卫处开会，听卢玉珂处长部署各单位保卫和防火事项。接《秀州书局简讯》第七十七期三纸，书票两枚。

下午，淄博友人张洪兴一行三人来晤，赠拙编各一册。三时，去杆石桥地区办事处参加突击灭鼠动员会。四时，张银同志持《西域平妖记》封面修改稿再次来征求意见，虽仍不十分满意，但还是建议付印算了，以防越描越黑现象发生。五时，山东画报出版社总编汪稼明兄来电话说重印的《书衣文录》样本到了，先睹为快，让我立即过去取一册。五分钟后，我来到了汪总的办公室，不但拿到了一册由稼明兄签名的《书衣文录》（孙犁著），还为北京书友孙桂升兄也讨了一册责编签名本。看得出来，稼明对该书装帧设计的朴素淡雅颇为满意。告辞时，又向汪总讨得《名人照相簿丛书》四种：《静谧的河流——启功》，陆昕著，张中行序，一九九七年出版，一十一元八角；《困惑的大匠——梁思成》，林洙著，一九九七年出版，一十九元五角；《大师情怀——杨振宁》，徐胜蓝、孟东明著，一九九八年出版，一十六元八角；《人民艺术家——老舍》，刘明、石兴泽著，一九九七年出版，一十六元八角。《杂家杂忆丛书》四种：《人生知己》，黄宗江著，一九九七年出版，一十二元五角；《风雨故人来》，冯英子著，一九九八年出版，一十三元五角；《文林枝叶》，姜德明著并自序，一九九七年出版，一十三元五角；《乱花浅草》，邵燕祥著，一九九七年出版，一十元八角。另外还受赠了一册《甲骨文之父——王懿荣》，吕伟达主编，翟如潜、吕伟达、山曼撰稿，扉页题辞："谨以此书纪念著名的爱国者'甲骨文之父'王懿荣诞辰150周年壮烈殉国95周年。"一九九五年出版，一十五元八角。王一生学识渊博，酷爱文物，著有《汉石存目》等一十九种著作。《书衣文录》，孙犁著，王学仲题签，刘宗武选编，一九九八年出版，一十三元八角。这大概是别人为孙老著作第一次题签，装帧清朴无华，一如作者心性也。

五月二十三日

致北京孙桂升信并山东画报出版社刚刚出版的孙犁著《书衣文录》一册，扉页上特请责任编辑汪稼明兄签名；致上海朱亚夫信，表示同意其友人的书稿入选《丰收文丛》；致嘉兴范笑我信，回答所关心的几个问题：孙犁先生近况，其新著出版情况；致枣庄峄城区史志办孙百儒信并拙编二种，征稿启事二份。夕，下雨。与陈、庄、林一起于五环美食城为刚刚从北京归来的王玲大姐接风。

五月二十四日

值班。读廖沫沙遗著《瓮中杂俎》，尤对其中的一组《南行日记》感兴趣。十时，潍坊市政府文友宋永利来晤，赠他拙著拙编六种。

午，于五环美食城请宋吃饭，阿玉和自然作陪。下午一时，打的送永利去长途汽车站返潍。三时半，于办公室收看足球实况转播，结果鲁能泰山队以〇比一输给了朝鲜国家队。因是一场友谊赛，似乎双方的队员都不怎么卖力。晚九时，于春颖酒家与由之兄小酌，甚洽。

五月二十五日

去印刷厂察看加印的《四季文丛》。致乐陵郑向东信并书稿清样。读《风雨故人来》。

夕，应李岩夫妇之邀，去五环美食城陪省委党校张达夫妇吃饭，阿玉和自然同赴之。因王经理出发北京归来后未上班，颇觉冷清。十时，冒雨而归。

五月二十六日

重新设立了一个“淡庐材料夹”，为拟写的文章收集参考资料。读《人生知己》一书。投天津《今晚报》文稿二题；投

《淄博晚报》文稿一题。张达教授来晤，相约后天去普林达印刷厂考察。

晚，去丁彭老府上小坐，悉赵枫六月六日将在东方大厦举行婚礼，据说张炜已表示参加，我虽然接到了邀请，参加与否，到时候再说吧。九时，读《人生知己》。

五月二十七日

接天津刘宗武先生大札："……《书衣文录》出版了，这是与兄的大力支持分不开的。不是去年夏天的故乡行，在济与汪总晤谈不会有这本书的，这是由兄引荐，与汪总合作的第一结果。大概不久书信集也出了。年底，明年初再印一下孙老的十本书。我十几年的心血，终于面世的一本文学辞典将送兄，《书衣文录》，也要亲自题字相送……"午间，由之兄来借书并晤，甚洽，予孙犁著《书衣文录》与《杂家杂忆丛书》二种。

下午，文学评论家张达、李夜平来晤，为成人之美遂陪同去大正印务公司和普林达印刷厂考察印刷技术与设备，初步确定他们二人主编的一套文学评论丛书交由上述两家公司排印。晚，去丁彭老府上小聚后，返庐补记近日日记。

五月二十八日

著名书法家、"舒体"书法创始人舒同先生在北京逝世，享年九十三岁。因为我在中学时曾迷恋并摹写过"舒体"，故有所偏爱，拟作诗纪念之。读《牛棚杂忆》(季羡林)。

晚，受阿玉派遣，送给王大姐粽子十二个并晤，甚洽。

五月二十九日

九时，应约陪由之兄去济南柴油机厂招待所办事。中午，应李岩夫妇之约去五环美食城陪武鹰老小酌，微醺。

下午，去普林达印刷厂检查加印图书的质量，因发现有残次品包入，大发其火并责令厂长下令停工开会整顿。晚六时，应杨清禄兄之约，与王龙飞、自然一起去贵都大酒店参加友人聚会，酒店的老总副总孙兆兰、王秀强、孙明亮均出席了，房间大而优雅，据云最低消费不得少于三千元。这种档次，自费是消费不起的，听后咋舌也就不足为怪了。

五月三十日

值班。致山西杨栋、内蒙古冯传友、长沙萧金鉴信并《抱香集》各一册。及午，精美印刷厂原厂长张哲小弟以一副落魄之态来晤，云因经营不善外加欠款四万余元而产生了死的念头，我听后先是吃惊，继而发怒教训了他一番：你走了那条道，朋友们怎么办，你父母怎么办？欠我的七千元暂且不提，因我引荐而欠人家李岩排版费三千多元，五环美食城五百多元，又该怎么去处理？十二时，应禚培志之邀，约杨清禄、张哲一同去五环美食城小酌，赠任之、由之拙著各一册。

下午二时半，乐陵文友郑向东来晤，赠他拙著一册。四时半，潜庐主人徐明祥兄在电话中得知拙著《抱香集》终于印出，即迫不及待地赶来取了三册，并《齐鲁英才》（七）二册。为表示知音之情，特意赠他一套印刷厂日前刚刚送我的金庸著《笑傲江湖》（山东文艺版）。晚九时，三省室主人为庆祝拙著《抱香集》印讫，于春颖酒家请我吃饭，甚为感动。书是友谊的纽带，亦是友谊的桥梁。书使人儒雅，书使人清纯。

五月三十一日

早七时，与阿玉打的去山东师大附中操场参加中考报名咨询，人头攒动，颇似农村之大集。九时，去普林达印刷厂安排包书。

中午，诗人黄冠杰来还印刷费一千元，即同妻女一起去五环美食城请其吃饭，遇诗友陈建平、韩镇广、杨丽，多喝啤酒三杯。下午三时半，收看九八甲A足球联赛实况转播，结果鲁能泰山队被沈阳海狮队一比一逼平。六时，应空军医院林孔文主任之邀，与王龙飞、金绪、超成、刘明林一同去五环美食城小酌，再次对刘的酒后失态表示不满。

一九九八年日记·卷六

六月一日（戊寅年五月初七 · 星期一）

雨丝蒙蒙，缠缠绵绵，但一天中始终未湿透地皮。接滨州诗友雪松短札并《太易论》出版消息一则。去印刷厂安排再加印《听雨集》二百册。

下午四时，天津刘宗武兄抵济校对孙犁著《芸斋书简》清样，受赠《现代文学知识词典》一部，刘宗武、陈景春、谢常青主编，董欣武、李霁野题签，百花文艺出版社一九九七年出版，四十八元五角。由孙桂升兄处悉，宗武等三人主编的这部知识词典，耗时近十年，才勉强在友人的帮助下出版，由此可见书生们做一件好事是多么地艰难。六时，应汪稼明兄之约去出版大酒店陪宗武兄一起吃饭，其间谈到孙犁先生的近况，宗武云他把刚刚印完的一摞《书衣文录》送到孙老的床头时，孙老只是很淡然地说："放在那儿吧。"当谈到《芸斋书简》出版后再重印孙老那十种散文集的设想时，稼明认为应冠一个总题目笼统之，我提可用《耕堂文丛》，稼明、宗武立即首肯表示赞同。为赶时间并分担宗武压力，主动提出代宗武校对一部分《芸斋书简》清样，宗武即把《致李贯通信》以下部分给了我，边校边赏，先睹为快，转眼便到了子夜。

六月二日

请假在家赶校《芸斋书简》清样。接上海纺织大学李红阳同学信，悉他边上学边勤工俭学，甚慰。穷人的孩子能吃苦，早当家。

中午，德州日报社李好升主任来晤，即约金绪弟、王贤春院长来五环美食城一同聚之，刘宗武兄在座。下午，继续校稿。晚，应稼明兄之邀，与宗武兄一道于出版大酒店文艺厅参加友人聚会，其他客人有省委宣传部新闻出版处处长马啸，山大《文史哲》副主编贺立华，山东电视台节目主持人稼明夫人李盈等。九时，为赶校稿，与宗武兄提前退席。十时，致远斋主人来为我和宗武拍照片，特意拍摄校对《芸斋书简》工作照一张作为纪念。到次日一时，六百多页清样终于全部校完，计改正错讹三十多处，如堂改室，清改青，与改予……校对，要一丝不苟，万万不可以想当然。

六月三日

早七时，陪宗武于出版大酒店吃过早茶后，宗武兄乘稼明的车去火车站乘车返津，我则急匆匆赶去上班。普林达印刷厂禚厂长相赠《金瓶梅词话》一套四册，兰陵笑笑生著，梅节校订，陈诏、黄霖注释，梅挺秀题签，香港梦梅馆一九九三年印行，一百二十元。接嘉兴范笑我兄大札及函购书籍两册：《中国近代文学大系·书信日记集一》，郑逸梅、陈左高主编并撰导言，上海书店一九九二年出版，二十一元五角；《中国近代文学大系·日记书信集二》，郑逸梅、陈左高主编，上海书店一九九二年出版，二十八元，后附录《近代日记知见简目》一份，殊为可贵。范兄在信末信笔写了这么一句：“你对孙犁老很谦恭，但愿等你老了之后也有后生这样对你。”吾今生今世没有耕堂老人那样的道行，故也不会有此奢望。

及午，淄博文友袁滨陪高文鹏来送《回望家园》书稿并晤。中午，张达、李夜平去普林达印刷厂签订印刷合作，应禚厂长之约，引袁、高一行四人去五环美食城一起吃饭。

下午，托袁滨弟捎给周村的同学、文友拙著《抱香集》二十多册。整理《淡庐资料集》。夕，省书店批销中心副经理李峰派车来拉书，即冒雨带车去普林达印刷厂装上加印的《四季文丛》十种，计五千二百册。七时，代禚厂长做东请李峰夫妇、李岩夫妇和宋凡、高迎波等十多人吃饭，感谢他们对《四季文丛》的顺利出版、印刷、发行给予的多方面帮助。自由自在，无拘无束，酒才“卖”得快速！

六月四日

张银持《西域平妖记》封面、环衬第三次来征求意见，原则上表示首肯。中午，应金绪之约，去五环美食城陪山东省淡水养殖研究所宋所长一行六人吃饭，刘明林、王贤春、胡珀等友人亦在座。致华艺出版社王月英大姐信并朱亚夫《黄昏风景线》书稿清样一份。

夕，李岩夫妇来电话叫去吃田鸡肉并应嘱在其新买的折扇扇面上题字：“修书既未成名，毕竟人品高雅；修德不期获报，自然梦稳心安。自牧题。”

六月五日

早六时起床，致北京孙桂升、嘉兴范笑我、上海李红阳信并拙著《抱香集》各一册。诗友王力丽来借书，一同回淡庐小坐，不太情愿地出借了三种。中午，与金绪、王力丽、自然一起去五环美食城吃饭。

下午，回复市中区消费者协会转来的病人投诉材料。六时，应禚厂长之约，去水文大酒店参加友人聚会，因系同学聚餐，略感别扭。

六月六日

致北京陈昊苏、康健、马南坡，河北浩然、储瑞耕，上海钱君匋、陈左高、朱亚夫，天津王学仲，湖南唐浩明，江苏高晓声、忆明珠、程韶荣、徐雁，山西刘伯生、杭世金、霍金林，湖北李先志，山东刘敏、管炳圣、戚树友、山曼短札并拙著《抱香集》各一册。

及午，李耀曦兄领山东电专学校图书馆馆长崔强来托我找名家题字，介绍他们可去"怀谷轩"托老宋代办。"怀谷轩"现存有钱君匋书法作品十二幅，每幅二千元。潜庐主人持甫写就的《淡庐有本〈抱香集〉》一文来征求意见，同意投寄《济南时报》"三味书屋"专版刊发。中午，于五环美食城请李、崔、徐小酌并畅谈，再次敦促李兄出版其散文集。

六月七日

与三省室主人相约去泉城路书店淘书，得《陈村日记——看来看去》一册，上海人民出版社一九九七年出版，一十五元。中午，去省府机关医院小憩，金绪弟于金泉酒府请吃饭，林孔文兄作陪。

下午三时许，去山东医科大学校园内散步。这里曾留下过老舍先生的足迹，遥想当年，先生也许在这条条甬道上构思过小说……

六月八日

整理日记手稿。中午，淄博文友焦耐芳兄来送游记文稿，相约《大众日报》编辑施斌杰、《齐鲁晚报》记者黄冠杰和金绪、超成、张哲等聚会于五环美食城，应大家之请，讲幽默故事三个。

下午，去省卫生厅保健处、爱卫会看望闫燕军、杨荣胜等弟兄们，当听说我已自觉戒烟两年半时，分管戒烟工作的荣胜兄立刻为我颁发了“志愿戒烟者”纪念章一枚，以示表彰与鼓励。晚，去丁彭老府上送拙著《抱香集》一册并晤。

六月九日

屠格涅夫有句名言说：“乐观是养生的唯一秘诀。”面对纷繁世事，不但要善于自处，也要善于处人。达观自处，宽容待人，心境自然清静。

刘双休息，顶岗收款一天。去乐山邮局寄书二十册，付邮资一十八元。晚，应培志之约，去五环美食城参加友人聚会，甚悦。

六月十日

去普林达印刷厂送稿。旧友商利民、王东河来扰，前者托我找工作，后者想让我帮助他夫人调动工作，因无深交，婉拒。读《名人序跋》一书。

下午，去省委办公大楼二楼会议室开会，保卫处卢玉珂处长传达了一份省公安厅的密码电报，然后又通报了青岛市近期发生的四起重案和社会上的种种谣传：青岛警方因收审了东北斧头帮的头目，其喽啰扬言：一天不放，就一天杀一人，在青杀到百人，便来济南，六月杀儿童，七月杀党员，八月杀军人，九月杀老人……近日来，省城人心惶惶，治安日趋紧张。而实际情况为：从三月九日到五月底，青岛发生重案四起，死六人。之所以出现这么大的影响，一是青岛一家小报渲染报道了四起重案，二是当一名女中学生被强暴杀害后，青岛市教育局分发了一封《致全市学生家长的一封信》，其本意是提醒家长们管好自己的孩子，没想到却出现了这么大的负作用。由此可见，舆论导向是这些谣言传播的起点。四时，去东方图书大楼访书，一无所获。

晚，应金绪之约，去五环美食城小酌。十一时半，收看第十六届世界杯足球赛揭幕战，结果巴西队以二比一战胜了苏格兰队。胜者欢呼雀跃，负者垂泪泣散。

六月十一日

订正《抱香集》，已发现四处不妥之处。

中午，王大姐一九七四年下乡莱芜大庄时的大队负责人刘先生及夫人抵济，应邀与暄儿去五环美食城陪其吃饭与谈话，因为我也有与下乡知青相处的经历，故能谈到一起。持赠拙著拙编各二种。据王君介绍，刘写有一册诗歌，但只自赏，秘不示人。晚，读《陈村日记》。

六月十二日

去普林达印刷厂送书稿清样。读《名人序跋》。午时，降雨。文友张银来晤，对他的谦虚表示欣赏。

晚，大正印务公司经理王吉强、李岩夫妇于老地方酒店请吃饭，培志同赴之，又一次被熟人狠狠地宰了一次（七八样东北菜竟花了四百多元）。狠宰熟人，是目前社会一种普遍现象。

六月十三日

于办公室校稿后，整理楼梯下的淡庐书库。接乐陵文友郑向东先生信和书稿清样。

晚，应禚厂长之约去五环美食城小酌，另一位客人为禚兄的友人王女士。九时，返舍收看九八世界杯实况直播，墨西哥队最终以三比一战胜韩国队，全取了三分。

六月十四日

九时，与刘明林、金绪、由之、燕山、王贤春、张和平等分乘两部警车去西郊山东省淡水养殖研究所内鱼塘钓鱼。于鱼塘岸边一篱笆前分别与由之互拍照一张，看好的是篱笆的疏散之美，无序之美，自然之美。

中午，宋所长于鑫昌酒家请大家一起吃饭。到下午六时收竿时，我的成绩是钓了六条鱼。七时，返回城内，即与由之兄去春颖酒家小酌并畅叙，甚洽。人与人之间，可以把隐秘告诉对方，同时又能理解，这种友谊尤为可贵。十时，去单位取报纸、杂志。接北京书友孙桂升兄大札并巴金新作《怀念曹禺》剪报一份。孙兄为其同事（其中有两位是年轻的女文友郝亚娟、齐晓梅，另两位为老邮友陈宝贤、戴宗醒）索赠签名本《抱香集》五册，拟照办。孙兄认为我与武鹰老主编的《四季文丛》，其佼佼者为徐明祥的《听雨集》、杨栋的《红豆集》和拙著《抱香集》，理由是各有特色。拙著忝列其中受到赞扬，大概是因收入了致他的四十五封信而有所偏爱吧。在谈到《北京青年报》专栏女记者写的一本叫《绝对隐私》的书时他写道:“不像广告吹得那么神,但也确实揭开了年轻一代知识层关于两性的许多方面,在他们这一群体里,就两性关系而言,实质上已与国际接轨了。是进步是倒退很难说得清楚。”

六月十五日

致北京孙桂升兄信并拙作五册。洗印照片二十多张,其中在北京圆明园照的四张,在出版大酒店与宗武校对孙犁《芸斋书简》时的三张和昨日在西郊鱼塘边上疏篱前的一张最为满意。下午,浏览第五期《新华文摘》。

夕,肥城郑佑明弟引其同事丁相涛来晤,即邀其到五环美食城小酌,阿玉、自然同赴之。午夜,收看九八世界杯实况直播,结果是罗马尼亚队一比〇战胜哥伦比亚队。足球因为通俗才吸引了亿万人着迷。关注赛事,是一种寄托,也是一种宣泄和赌博。

六月十六日

致天津刘宗武兄信并照片三张;致长沙萧金鉴兄信并《四季文丛》三种。接天津王学仲教授大札并剪报《津门夜泊王学仲》(原刊《文艺报》,作者欣荣)一纸。信的内容为:

“自牧君:十三日接获大著《抱香集》,容暇细读。大驾编书著书,颇得乐趣,亦有真性情者。黾翁已垂老,尤以目昏视弱,很少提笔,待得佳日心情畅时,当赠上小品。柳泉碑前留影,翩翩俨然少年。黾翁老笔,六·一三。济上文人欣荣于《文艺报》著文一篇,附赠一阅。”

观赏篱前小照，即兴作诗《题篱前小照》一首："清河塘畔苇蒲连，自由垂钓疏篱前。心随麦浪潮起伏，村景一角挽流年。"午时，应金绪之约去五环美食城陪青岛、淄博的客人吃饭。尽管昨晚只睡了三四个小时，但精神仍然很好。为祝贺王大姐的儿子李欣从北京舞蹈学院毕业后赴珠海工作，受妻之托，赠送他"金霸牌"高级石英表一只。下午，陪家人去三联家电商厦购买"新飞牌"冰箱一台。今日《齐鲁晚报》读书版刊出拙文《关于〈抱香集〉》。子夜，狂风骤雨，但匆匆而过。

六月十七日

接上海陈左高教授大札，在谈到日记学研究时他写道："日记手稿，散存各处，颇难求索一观。近阅报知林语堂短期日记一册，在上海工艺拍卖行拍出，以人民币廿八万元为上海青年藏家捧回。《蔡元培全集》出版，内有日记三巨册，年老力衰暂时无精力往图书馆借阅，容当勉力前往，此一日记有关近代史事，致力日记学者，不应不看也。"致《淄博晚报》编辑郝永勃信并《淡庐诗草》两题及山西作家杨栋题《百味斋日记》、诗人吴兵《访自牧不遇留言》古体诗各一首。省妇联张照华女士知我集存志书成癖，特意托其夫为我要了一册《济南科技志》(1840~1985)，黄维勤主编，翟永浡序，山东科技出版社一九九一年出版，二十一元。回赠她拙著一种。

下午，陈伯生兄来谈读罢《抱香集》的感受，尤对《粮票》一篇偏爱之。知音难求，是因为无缘。夕，代王龙飞约朋友聚会于五环美食城，践约赴之的有陈伯生、陈威光、陈金绪、李峰、王冰等，喝酒虽不多，但很热闹。十一时半，收看九八世界杯实况直播，智利队对维也纳队，觉乏味，遂睡去。

六月十八日

往普林达印刷厂送稿样。日照郑佑明弟引其同事来推销“福尔都牌”葡萄酒，四处联系，帮助销出二十余箱。中午，于五环美食城请郑、丁、禚、董四友小酌。

下午，降阵雨。参加例行周会。接北京画家马南坡先生信并国画《疏篱小品》一幅，“无定集”签条一纸。夕，应李岩夫妇之约，与禚厂长去大吉利酒家小酌，由之兄后至。人少语洽，颇觉温馨。

六月十九日

去泉城大酒店为单位兑付国库券一万元，五年利息计七千九百三十元。九时，去省府机关医院与金绪、超成晤。

今日《大众日报》周末版刊出拙著《抱香集》跋文，署名邓基平；《济南时报》“三味书屋”刊出徐明祥文章《闲话〈抱香集〉》。接北京文友康健先生长信，十分感人；接《秀州书局简讯》第七十八期四页，书票二枚。下午，淄川李通昌来托人撰写评职称用的论文，婉拒。目前风气，令人堪忧！

六月二十日

早七时许，骑自行车陪杨栋兄去趵突泉公园游览，重点参观游览了李清照纪念堂、泺源堂、万竹园、白雪楼、沧园等。九时，由大明湖东门入内，先参观游览了辛稼轩纪念祠、遐园、九曲桥，又乘画舫去历下亭景点，于“海右此亭古，济南名士多”牌坊前拍照数张。十一时，去省府机关医院小憩，然后践约去水文大酒店参加友人聚会，禚厂长做东，陶经理作陪，喝得顺心开心。

下午二时，去文化东路上的三联书店济南经销店淘书，其间曾与白峰经理座谈半时。杨栋购下一套《黄裳文集》，付款近五百元。我则选购了三种：《墨池散记》，洪丕谟著，钱君匋撰《卷首赘言》，学林出版社一九九七年出版，一十六元五角。《散记》计分三卷，分别为《书画欣赏》、《书画散论》、《书画家掠影》，后附一卷《艺苑玉屑》。《吴宓日记》，凡六卷，以钱锺书先生的一封信为序，三联书店一九九八年出版，一百二十四元一角。《花花朵朵、坛坛罐罐——沈从文文物与艺术研究文集》，汪曾祺序，外文出版社一九九四年出版，一十二元八角。此集大概是沈老的最后一部著作。五时，抵山医大门口，一时心血来潮，带杨兄北折去南新街五十八号探访老舍先生故居。据现房主徐文升老先生介绍，此房他买过来后，于一九五四年进行了翻盖，真正旧物，只有东间的雕花木隔扇了。在屋内、天井中和门口处拍照若干。老舍从此搬走后，再未回来过，前几年胡絜青老人曾和子女舒乙、舒济来过两次。六时，引杨栋去普林达印刷厂和大正印务公司参观，他的《红豆集》便在这两处地方排印完成的。禚厂长送给杨兄香港版《金瓶梅》一套，作为书痴，杨兄颇为喜欢，当场应诺返回山西后寄赠书法作品一幅和杨栋散文集一种。六时半，应禚厂长之约，与杨栋兄一同去五环美食城参加友人聚会，甚为温馨。即兴作《题南坡驴图》诗一首：

疾蹄点点分道上，农家之舟日月长。
偶尔入画南坡下，高士相倚才相当。

六月二十一日

七时半，打的送杨栋兄去天桥附近的汽车站乘车去泰安、曲阜、邹县游览。接江苏老作家忆明珠先生大札并题字三件：一为代索之“致远斋”，二为“自然集”两帧。《济南日报》“书林”专版今日刊出了杨栋兄为我的《抱香集》所作的短序，题目改为《在像与不像之间》。

中午，应三省室主人之邀去新华饭店小酌并漫谈，甚洽。四时，读欣荣先生文章《津门夜泊王学仲》。寄赠五莲县文友寇峰《抱香集》一册，并信笔在扉页上题跋：“五莲寇峰自甘寂寞，耕读自娱于疏篱荒畦之间，志在避俗脱俗，故名其居室曰‘俗斋’，‘俗斋’不俗，实为雅致也。百味斋主自牧赠并跋。”天热，翻看闲书多种，以求其心静意凉也。书中自有清凉风，书中自有淡泊雨。

六月二十二日

八时，与王冰去山东省实验中学找韩常校长约定老乡聚会时间。接三河市文联浩然先生大札并“田亩集”题签一件。李耀曦兄来晤，云《老舍先生在济南》一书已基本编就。

六月二十三日

接湖北省孝感市文友李先志兄长信六纸并由他参加编译的《白话中国古代小说集萃·公案》一部，湖北人民出版社一九九七年出版，一十八元五角。因故大面积停电，空调、电扇停摆，热甚难耐。小女自然接到黑龙江省讷河市当代青少年成才研究所《喜报》一份，首先祝贺她曾在《小学生日记》上发表了作品，又通知在“全国读书者推荐百篇报刊佳作”活动中被山东读者王云推荐当选获“当代青少年二级作家”荣誉称号。此举虽有点突兀，但阿玉颇为高兴。致平阴张铭信并拙著一册。由于阿玉厂里近期停产休息，遂决定与杨栋、汪家明一道赴沽上参加“孙犁作品学术研讨会”。晚，于五环美食城请杨栋兄吃饭，特约文学评论家丁彭、张达教授作陪，阿玉与自然同赴之。九时，应丁彭老邀请，与杨栋去其府上小坐，丁彭老赠杨栋《赵鹤翔论文选》一册。

六月二十四日

八时许，淄博画家赵锦龙带车来接山东画报出版社摄影记者前去周村拍片，因贾新国系由我联系安排，故赵兄再三邀请我陪同前往，适杨栋欲去淄川蒲松龄故居游览，遂应允同赴之。十时许，抵周村区委党校，赶来见面的友人有孙方之、袁滨、黄永志、宋肇水等。肇水兄相赠书法作品四幅，另赠杨栋二幅。

中午，李国经校长在党校大酒店请大家吃饭。饭后，赵和贾记者忙于拍片，肇水和杨栋则忙着为大家题字。名家在场，我回绝了大家的邀请，只袖手旁观之，始终未敢献丑。下午四时，与赵锦龙、贾新国、杨栋一起驱车去蒲松龄故居和聊斋园游览，于故居内和柳泉旁拍摄照片许多。六时半，抵张店，应诗人杨玉泰之邀去日前刚开张的一家饭店参加友人聚会，前来一聚的旧友有诗人韩青、杨克和、郝永勃、李仲琴、宋长春，新朋有市艺术研究所巩武威主任等。杨栋和我成了众矢之的，恭敬不如从命，只好放开大喝了。十一时，临时决定下榻于周村交通宾馆，一夜无语。

六月二十五日

七时，于周村纺织大厦附近一家小饭馆内进早餐后，取道济青高速公路返济。八时半，抵省委，托锦龙为杨克和捎回散文集《守望与远行》八百册。

中午，博山张洪兴抵济，相邀去金三杯酒家小酌，因觉疲惫，婉拒。下午三时，博山区委组织部副部长吴理川带车来拉辅导材料，即相引去普林达印刷厂装车。晚六时，为孩子中考事，与省委机关工委办公室副主任薛淑喜一同于南郊宾馆玫瑰厅请省实验中学校长韩常吃饭，特邀省委机关工委副书记单兆正、常委马以芳作陪。未雨绸缪，以免急时找不着佛脚。九时，与三省室主人短晤。十时，收看九八世界杯足球比赛实况直播，荷兰队虽与墨西哥队二比二踢平，但却双双进入十六强。足球是圆的，什么奇迹都可以发生。

六月二十六日

致淄博诗人杨克和先生信并印刷费发票一张。陈伯生大哥来晤并赠书四种：《毛泽东读书生涯》，孙宝义编著，王唯众序，知识出版社一九九三年出版，八元；《尤今情语》，凡夫等编，漓江出版社一九九三年出版，三元九角五分；《成功之路》，高宏华主编，社会科学文献出版社一九九六年出版，八十六元。此为《中国当代改革丛书》之一种，存之也没有大用处，拟转赠别人，以尽其用。《邓小平著作学习大辞典》，迟福林、张占斌主编，龚育之序，山西经济出版社一九九二年出版，四十八元八角。夏津县文友宋云亮送来文稿一篇。十时，杨栋兄游览济南植物园归来，即引他去山东画报出版社拜访汪家明兄，遇《老照片》编辑部主任冯克力，受赠第六辑《老照片》一册，六元五角。汪兄赠送杨栋新书四五种。杨之爱书读书，吾远远不及也。

下午，在办公室与杨栋清谈。夕，于五环美食城为杨栋饯行，出席者有武鹰、禚培志、李岩夫妇、阿玉和自然，大家都曾为杨栋的散文集《红豆集》的编排印出过力，所以杨多次致谢并破例喝了不少白酒。饭后拍合影照片若干。十时，与汪家明、贺立华、杨栋一起携刚刚赶印出的一百套《芸斋书简》乘K36次快速列车赴天津参加一九九八年孙犁创作学术研讨会。上车后，汪兄立即分赠我们三人各一套装帧精美的《芸斋书简》（刘宗武编，山东画报出版社一九九八版，二十九元八角），意在让我们先睹为快也。大家翻阅着，爱不释手。据汪总说，初版印数一万套，因定价偏低，稿酬又高，大约亏损一万多元。

六月二十七日

晨六时，抵天津西站，刘宗武兄来接站，即一同赴天津日报社商住宾馆下榻。吃早饭时，见到了心仪已久的北京师范大学文学院院长、《孙犁传》作者郭志刚教授。八时，在宗武兄带领下，与郭志刚教授、汪家明总编、贺立华、段华、山东师大中文系九六级研究生章芳一起，去孙犁的儿子孙晓达住处看望已封笔的孙犁老人。爬上五楼后，晓达把大家领到东间的孙老卧室，孙老躺在一张单人席梦思床上，身躯瘦小了不少，头发和胡子全白了，并且给人以“柴”的感觉。宗武引家明把二十册（十套）《芸斋书简》放到他头侧的床头柜上，俯身大声地对他说：“孙老，您的书信集出来了，这是样书。”这时，孙老极认真地问道："光见样书，怎么没有稿费呀？上次的稿费给了吗？(指《书衣文录》)"宗武回答已给了，他转而问他的儿子："晓达，给了吗？"晓达回答："给了。"继之他又说了这么一句："我现在缺钱花。"众人当中，孙老认出了郭志刚教授："你是志刚吧？"郭教授连连回答："是，孙老。是，孙老。"大家来到客厅坐下后，我持一册《抱香集》又单独来到孙老床前，握着他那干瘦且布满褐色老人斑的手说："孙老，我是山东的自牧，这是我才出的一部书。"孙老说："知道，知道。"我看着孙老的倦容老态，眼眶湿润，几不自持，便匆匆出来了。孙老，您真的老了，我们心疼啊。九时，去天津日报社大楼三楼会议室参加孙犁作品研讨会。研讨会由河北省作协副主席尧山壁和天津日报社总编辑邱允盛分别主持。天津孙犁研究会会长滕云介绍来宾及研讨会筹备过程，天津市委副书记刘峰岩和宣传部长罗保铭讲话后，中国作协书记处书记郑伯农和河北省文联主席浪波也分别致辞。郑在发言时评价孙犁先生说："他是一面旗帜，他是一种风格，他是一座宝库。"接下来的发言题目为：《孙犁研究的新开拓》(滕云)；《我所看到的孙犁》(曾镇南)；《独立支持的不老松》(马蓉伯)，其中尤以曾镇南的发言最为大家接受。十一时，大家在天津日报社大楼前合影留念。利用饭前半小时，分别与谢大光、贾宝泉、卫建民、段华、杨栋合影留念。

下午，研讨会改由著名作家柳溪同志主持，发言的题目为：《我看孙犁》(郭志刚)；《孙犁论》(赵建国)；《观夕阳》(张学正)；《孙犁为什么辍笔》(王昌定)；《自觉的艺术师承》(沈金梅)……六时半，曾镇南过来短晤，他讲了孙老与李国文、刘心武、王蒙等人文字官司的始末。七时半，热浪袭人，约家明兄随宗武兄去天津大学看望黾翁王学仲老师，我们看到了黾园，却未见到先生，因为先生日前去了北京。

六月二十八日

重点发言听过了，汪总和我商量，决定今日不再到会，相约去市内游览。八时许，来到东北角书店淘书，得三折书三种：《灯心绒幸福的舞蹈——后朦胧诗选萃》，唐晓渡选编并序；《褐色马群——荒诞小说选萃》，吕芳选编并序，《红房间·白房间·黑房间——探索戏剧选萃》，小青选编并序，三种书原价均为六元二角五分。由书店出来，步行入“沽上艺苑”（天津文化街）访古，与家明各购“泥人张”彩塑泥人两组，并听一卖乐器的中年汉子吹埙乐一曲。十一时，去图书街转了二十余家小书店，一无所获。最后又去劝业场转了一大圈，在清末民初大书法家华世奎书写的“劝业场”巨匾下拍照一张。十二时，去和平路新华书店淘书，与杨栋兄不期邂逅。杨一大早持宗武兄画的一张线路图单独去看望了一次孙犁老，交谈一刻钟后，杨欲告辞，孙老则握着杨栋的手不放。由此可知，孙老还是不拒绝友情的。

下午一时，再次与杨栋兄郑重道别后，与家明到附近的一家麦当劳快餐店小憩并进餐。二时半，返回宾馆，与来访的刘功业、刘运峰二人匆晤后又拍了一通照片，随后与宗武等友人握别，去天津火车站乘车返济。一路上，边学边练陪家明、贺立华打扑克，大输。晚八时半到家，收到包头冯传友、北京孙桂升信各一封，书香脉脉，心心相印。

六月二十九日

接五莲俗斋主人寇峰先生信并拓片（郑板桥书“难得糊

涂”）一件，杨家埠年画原拓《虎年大吉图》一幅，拟专门致信道谢；接湖南著名作家唐浩明先生大札一通，内容为：

自牧先生：

大作《抱香集》收到。我置之于书架上，每天抽空翻看几页，已基本读完。先生之文，清新流畅，甚是好读。阅读过程中，时时感到您是一位爱书爱文爱朋友的好人，若有机会去济南，将来拜访您。随信寄来《旷代逸才——杨度》一套，请您斧正。问候赵鹤翔老先生。

即颂

文祺！

唐浩明上　六月二十六日

中午，应金绪之约去五环美食城小酌，王贤春、步长燕、胡珀在座，拍照十余帧。下午，降阵雨。与由之晤，甚洽。交谈中，始悉由之君与小步父母乃同事，当即应约去步家做客。晚六时，随由之和儿子一起去天桥附近的步家拜访，赠送拙作拙编四种。酒后兴奋不已，大讲了一堂人生哲理课。在步华、步长燕父母的提议下，认由之的公子李欣为干儿，欣欣似乎默认了，颇为主动地为干爸满了一杯酒。由之君更是喜不自禁，欢乐之后又拍了许多照片。由之好玩好善，对照相似乎有所偏爱。子夜归。

六月三十日

复五莲寇峰先生信并拙著一种。接包头冯传友转寄的内蒙古诗人杨挺签名本诗集二种：《寂寞花》，内蒙古人民出版社一九九三年出版，四元二角。此为刘心武撰写总序的《北国当代青年作家文学丛书》之一种；《无定的形式》，漓江出版社一九九三年出版，五元二角五分。基民弟来晤。

夕，老诗人牛明通老师相邀去出版大酒店吃自助餐，同桌独自就餐的一位退休小学教师讲的几个关于母亲的小故事颇为感人。晚十一时四十分，返舍收看九八世界杯足球比赛实况转播，结果克罗地亚队以一比〇淘汰了罗马尼亚队。

一九九八年日记·卷七

七月一日（闰五月初八 · 星期三）

致包头冯传友兄信并《四季文丛》四种。代杨栋兄寄出在济期间买的一大包书并照片十余张。接苏州王稼句兄大札，他对《百味斋日记》作了如下评述："兄之日记，数十年不懈，可见专意于此，且文约而意长，很有可看之处。杨栋兄之序，也写得不错，可选刊报章，以广宣传。"同时得赠《我说苏州》一部，王宗栻编，杜宣序，古吴轩出版社一九九七年出版，一十六元八角。《我说苏州》，实际上是大家说苏州，或曰名家说苏州，这倒使我起意想筹编一册《我说济南》，为宣传济南尽一点绵薄之力。接五月十八日《珠江环境报》一份，其《珠江》副刊刊出拙文《红豆集·序》，序乃跋之误也。暇中读孙老的《芸斋书简》。及午，淄博画家赵锦龙一行三人来晤，于五环美食城请他们吃饭，特约金绪弟作陪。

下午，陈伯生兄来晤。夕，老诗人牛明通老师邀约去出版大酒店吃海鲜自助餐，边吃边聊，甚为惬意。九时半，与由之君晤，甚洽。

七月二日

暄儿今天中考，第一志愿是山东省实验中学，第二志愿为济南三中。为表示鼓励，晨六时半，于锦华美食城请他们母女进食可口早餐。阿玉陪考，以防不测。代小靖值班。致东营马景峰兄拙著二册，以应雅嘱。九时，历城县委宣传部副部长郭永顺兄来索签名本《抱香集》一册，另外又赠送了由我撰写序跋的《流动的月亮河》、《听雨集》各一册。十时，同乡韩玉玲女士来送论文稿，拟转荐《发展论坛》。受赠临朐五彩石一块。

中午，应陈弟之约去五环美食城小酌，予致远斋主人三千元，以助其子奔赴工作岗位。为防婉拒，特意在信封上即兴题了几句话："人生又一站，处处需用泉。作为长辈吾，理应作贡献。"晚，全家去锦华美食城吃饭。

七月三日

接天津刘宗武兄大札并孙犁《书衣文录》、《芸斋书简》出版消息二则。代小靖挂号，得与刘君畅晤，甚洽。午，应陈弟之约，与刘明林、庄超成去五环美食城小酌。因五环美食城将于月末出租给联通公司作为他用，房间内字画撤去后，给人以一片萧然的感觉。

下午，诗友宋凡来晤。六时，应陈之约，与三省室主人一同赴东郊大吉利酒歌城宴请联通公司计划建设处徐处长、市电信局张汇广等，饭后进入歌舞包间，大开眼界。

七月四日

接天津友人刘运峰大札一纸并隶书作品一件，拟回赠拙墨一纸，以应雅嘱；接北京《中华绿色时报》记者段华大札，是孙犁先生及其作品把我们联系在一起的。午间，由之兄来还书一捆并畅晤，极洽。

下午，值班。致天津贾宝泉，北京曾镇南、卫建民先生信并合影照片。晚八时半，应王龙飞之约，去五环美食城参加友人聚会，玩了一晚上剪子包袱锤，虽喝酒不少，却心甘情愿，谁让你老是输来呢?

七月五日

九时，应陈弟之约，去济南拍卖市场走了一趟，因拍卖的物品多为杂牌货，故匆匆观览后即返之。天热难耐，读书以自娱自静。

中午，李岩夫妇于五环美食城请新华印刷厂微机室朱主任小酌，应约作陪，尽心尽力，一直喝到下午四时半。五时许，省委老干局办公室副主任王玉芹女士来“参观”淡庐并畅晤，甚悦。晚，由之送来齐鲁书社一九九四年出版的清代四大小说一箱：《聊斋志异》（蒲松龄著，但明伦评）、《红楼梦》（曹雪芹著，脂砚斋评）、《醒世姻缘传》（西周生著，葛受之评）、《儒林外史》（吴敬梓著，无名氏评），一百八十六元。谈书，论人，颇觉合辙，这种融洽之晤，令人留恋不舍。夜，风大，偶有雨滴敲窗。

七月六日

热甚，偶有雨滴坠下，颇似鳄鱼之泪。柳敦普持诗稿二纸来征求意见，劝其写点散文一试，改写古体杂诗，没有多少意义，是为歧途也。致临沂张怀杰先生信并《抱香集》一册。下午，补写天津之行日记。晚，读书。其间三省室主人曾来借书并畅晤，极洽。

七月七日

湖南作家唐浩明先生寄来精装签名本长篇历史小说《旷

代逸才——杨度》三卷，湖南文艺出版社一九九五年初版，五十八元。致北京书友孙桂升兄信；致《大众日报》施斌杰先生信并《芸斋书简》出版消息一则。接山西杨栋先生大札并一九九七年十二月十七日《金融早报》（深圳）一份，其“品书”专版刊有杨栋文章《不随黄叶舞东风——为自牧散文集〈抱香集〉序》。午，应禚厂长之约，去五环美食城小酌。

下午三时，吴晓蕾来借冰心先生散文集《关于男人》，另赠她《四季文丛》四种并晤，甚悦。夕，应禚厂长之约，与王吉强夫妇一同去五环美食城吃饭，客人大多为印刷行业的朋友，六人喝掉五瓶白酒，十瓶啤酒，又一次放了“卫星”。十时许，与由之再晤，甚洽。今日高考。考场门前人墙堵，可怜天下父母心。

七月八日

致长沙唐浩明先生信并《才子佳人传说》、《听雨集》各一册，以答谢赠书之谊。鉴于《齐鲁晚报》目前正在连载他的另一部长篇历史小说《张之洞》，便找出一张一并附上；致长沙萧金鉴兄信，谈出版界近况；致潍坊宋永利先生信，代印刷厂催要欠款。省民委回民老书法家丁乐春先生来晤，呈赠拙作一部。

下午三时，电约致远斋主人相伴去南新街五十八号老舍先生故宅拜访现居住者徐文升老人，并送上上次与杨栋一起去时拍的照片三张。作为酬谢，我特意送给徐老《抱香集》、《才子佳人传说》各一册，并即兴在一册的扉页上题诗一首：

城南普通一宅院，莳花耕读几多年。
风雨浸淫旧居存，先生梦中可回还？

据徐老介绍，现在房子是一九五四年翻盖的，原来的屋墙是土坯的，只是门窗四围用青砖包了角而已。草屋顶也换成了瓦屋顶，真正原物便是现代还用着的那面花格隔扇（东间）。在屋内院中门口又拍了一些照片。四时，入山医大门侧的一家医学书店淘书，由之淘到了一册自我养生美容的书，我则空手无获。天阴沉，且闷热，遂与由之君骑车进入山医大校园内漫游并拍照。

晚，收看法国世界杯实况录像，结果上届冠军巴西队用点球大战以五比三把荷兰队淘汰出局，从而顺利进入冠亚军争夺战。巴西人不但实力强大，而且运气也好。八时许，再降阵雨。

七月九日

凌晨，应约为夏津文友宋云亮题写斋名“五味书斋”并横幅两件，同时还为天津书家刘运峰书写“大道低回”二件，其中有两件自我感觉甚好，拟拍照留底。七时，由之兄为日照小丁代销酒一事来晤，极洽。爱管闲事是我们共同的“爱好”，但有时却费心费力不得好报。接湖北孝感市李先志先生信；接北京作家卫建民先生信；接嘉兴范笑我兄寄赠《秀州书局简讯》第七十九期；接《河北日报》储瑞耕先生寄赠储瑞耕文三集《杨柳青》（言论专栏一九九八年至一九九七年十年总汇）一部，徐光春序，人民日报出版社一九九八年出版，五十五元。储兄在扉页上题词：“热心度人生，肝胆著文章。”

下午，去东方图书大楼淘书，得《沈醉日记》一册，群众出版社一九九一年出版，一十三元。日记从一九三七年起到一九四三年止，中间有残缺。沈在国民党特务机关军统局任职期间的这部分日记，所记虽隐晦，但是可信的，前面影印有沈一九四〇年手书一帧：“把每天的工作很老老实实的记下来。”夕，应陈之约与由之、胡珀一同去云亭饭庄吃涮羊肉。八时半，回到家中，阿玉和自然已回来。

七月十日

致北京新友卫建民、段华信并《人生品录——百味斋日记》各一册；致包头文友冯传友信；致天津刘运峰先生信并拙墨一纸，以应其嘱，实为班门弄斧也。潜庐主人来拉加印的《听雨集》二百册。

夕，应杨清禄兄之约去植物园内的映日湖餐厅参加友人聚会，在座的旧友有孟云、张桂苓、吴中建，新朋有冯贵芹等。九时，早退，与致远斋主人晤，颇洽。

七月十一日

值班。接山西杨栋兄大札并书法作品两件，漫画作品两件；接北京孙桂升兄大札并剪报《曲终能再奏》(盛英撰，刊于五月二十九日《人民日报》)一纸，为此建议我根据孙犁老人目前状况，写一篇《曲终不再奏》。信末畅言：“《芸斋书简》与《书衣文录》放在一起，不用读就赏心悦目，确为书林精品！另外书简集带插图和书影也是一个很大创举，我还没见到第二本这样做的，不过《老荒集》书影缺如，不知为何。”接上海李红阳同学信，索题“陋空堂书斋”之额，俟下次习书时一并书之。

下午，整理友人书简，分类归档以珍藏之。

七月十二日

接上海朱亚夫先生信及上海书家程锦川题签“自然集”、“泺源集”各近十条；接三河市泥土巢主人浩然先生寄赠由他主编的《苍生文学》(一九九八年第二期）一册。

午时，应王吉强夫妇之约，与金绪、由之于其工作室内小酌，无拘无束，甚是自由。下午，与由之兄同去植物园取遗失在那里的一把伞并游览，天阴欲堕雨，速归，仍被淋于途。晚，为观看世界杯赛早寝。

七月十三日

凌晨一时四十分起床收看第十六届世界杯足球赛决赛。在开赛之前，法国时装大师圣罗兰推出了十五分钟的“世界之色”时装表演，来自世界各地的三百名模特参加了演出。经过九十分钟的激战角逐，上届冠军巴西队以〇比三负于东道主法国队。这是本届世界杯赛的最大冷门，也是法国队在世界杯赛历史上第一次夺冠。法国队的主教练叫雅凯，他是法国队取胜夺冠的英雄。

接五莲县文友寇峰信并戏题《赠自牧》诗一首：“济南一真人，历下人半识。制丹成百味，炼室号淡庐。翻手能烹文，覆掌可煮书。呼朋喝友常斗酒，驱笔赶砚自放牧。西装革履不蓬头，玉雕粉饰有面目。大隐自古隐于市，真人岂与常人殊？”在寇峰的眼中，我少了些纯朴，多了些富贵。作家报社编辑杨润勤弟来晤，云广西的大型文学刊物《漓江》最近出了终刊号，甚觉惋惜。

中午，周村李国经乡兄于五环美食城请丁彭老和我小酌，自然亦随之。下午，值班。《山东文学》何寿亭先生送来由他主编的《小说政论及写实文学选集》一册，香港天马图书有限公司一九九七年出版，九元八角。

七月十四日

大热。接博山刘敏同学信；接平阴张铭同志信并拓片六纸，云为平阴县新发现的《书圣》拓片，字虽然极佳，但从题款和印章来看，恐为伪作。下午，参加例行周会。四时，去燕子山路上的山东省考试中心为同事办理准考证。

晚，应王大姐邀请去参加“最后的晚餐”。五环美食娱乐城从明天开始已被联通公司租去另作他用，从此之后，我们再也不能天天上“五环”了。代邀的友人有：刘明林、徐智、张和平、林孔文夫妇、李岩夫妇、金绪、胡珀、禚培志、庄超成，以及阿玉和自然等，这是一个狂欢的夜晚，“失望”的夜晚。五环美食娱乐城开业以来，我们可以说是去的最多的一批人，我们为它作了许多贡献，也得到了便利和实惠，而最主要的，还是“五环”的人好……令人回忆和留恋的五环美食娱乐城，我们郑重地向你告别……

七月十五日

大热。山东省妇女儿童活动中心李同娟老师来晤。陈伯生大哥来晤，杂谈季羡林。致长沙于晓明信并样报二份。

下午，因故停电，虽降阵雨，仍闷热有加。晚，闭门读书到十一时。

七月十六日

致北京书友孙桂升信，交流近日读书信息；致北京师大文学院院长郭志刚教授信并拙著《抱香集》一册，对在沽上见面时未能畅谈引以为憾；致临沂张怀杰信，为其提供名家及书痴书迷名单一份；致北京翟向东信并拙作一册。

中午，周村高作忠带儿子高亮来晤。安秀春带王新华兄一家三口来济看病后亦来一晤，因为都是乡里熟人，遂于福乐园酒店一块招待之。下午，校稿。夕，与由之、培志去大渔岛酒楼考察并就餐，由之约见刘总交谈了半时，受聘与否，相约日后再定。八时许，又约来李岩夫妇一同小酌之。十时归。

七月十七日

致北京九十四岁老人胡絜青信并拙作《抱香集》一册（书名为胡老一九九〇年八十六岁时所题）；致上海朱亚夫先生信；致石家庄储瑞耕信及一九九五年六月所记《石家庄日记》九页。接北京卫建民信，云我之日记太注重“雅人雅事”，而对“世俗人情”涉猎偏少。此乃肺腑之言也，当引以为戒，适时调整之。

七月十八日

八时，与阿玉去山东省实验中学取自然的中考成绩单，因临时通知延时至十时，遂归。接省体委副主任梁文生七月十三日自一九九八年法国世界杯足球赛决赛场地——圣旦尼体育场寄来纪念贺卡一枚，邮资为三法郎。校对郑向东小说《冤缘》清样。九时半，与阿玉去省美术书店为自然报名参加素描培训班而购置纸、笔及速写本等。十时，再次去省实验中学为自然取中考成绩单（考号0101070，单科成绩为：语文104，数学110，外语93，物理96，历史99，体育40，总分542）。作为父母，对孩子的这个成绩，我们是基本满意的。

从下午一时开始，读孙犁老之《芸斋书简》，边读边校，又于上册中校出错别字六七处，拟转示宗武和家明，争取于再版时改正过来。六时，去东郊山东省考试中心参加培训班学习。八时，取道解放路、黑虎泉南路、趵突泉南路、泺源大街，一边欣赏夜景，一边回返。济南的夜晚是明亮的，解放阁前消夏晚会上的山东快书、相声，不断引发出人们的掌声和笑声。

七月十九日

致西安市文联主席贾平凹先生信并《四季文丛》四种。接朱亚夫先生的友人、《上海法制报》副总编沈栖先生大札及名片，又报人随笔杂文选集《明天的废话》一册，沈栖著，冯英子序，学林出版社一九九七年出版，一十五元。

下午二时，打的去省考试中心参加辅导课。六时，于趵突泉公园内的泉香餐厅请由之兄小酌，特约金绪、胡珀作陪。

七月二十日

凌晨，降雨。致四川文艺出版社知名编辑龚明德先生信并拙著一种；致上海新朋沈栖先生信并拙作一种。夕，与董科长去北园大街上的宝林大酒店看望来山东采访的《中华绿色时报》记者段华和陈乐儒，省林业厅史副厅长带领四五位处长请段记者吃饭，应邀参加之。段华兄相赠从北京中国书店淘到的旧书一种：《文学短论》，孙犁著，人民文学出版社一九七八年出版，四角六分。是书扉页上盖有“北京市大理石厂图书专用章”一枚。回赠《四季文丛》三种。十时归。

七月二十一日

凌晨，又降阵雨。接上海朱亚夫先生信。读孙犁《芸斋书简》，始知孙老晚年还有姜化、庸芦、时限等笔名。

夕，代汪稼明兄邀约历下书友来出版大酒店参加聚会，一则欢迎北京书友段华先生，二则相互交流读书信息。应约赴会的有《大众日报》“读书”版编辑施斌杰、专刊部编辑傅欣迎，《济南日报》“书林”版编辑逄金一，《济南时报》“三味书屋”编辑管萍，潜庐主人徐明祥，书话作家姚恩河，山东电视台记者李盈等。席间稼明兄提出了一个有趣的设想，即组织一个孙犁迷协会，为一位风格独具的作家成立一个书迷协会，如果办成了，这是可以申请吉尼斯世界纪录的。在座的大多都是孙犁迷，而段华在沽上读书时，每隔半月便能和孙老见上一面，故称他为孙老的入室弟子是一点也不为过的。徐明祥转来山西杨栋探访济南老舍旧居一稿，拟择刊荐发之。晚十时，在酒店门厅“九八鲁版精品图书展柜”前合影后，另约段华兄去马鞍山下的名泉茶艺馆清娱漫谈至次日凌晨。

七月二十二日

早六时半，去出版大酒店为段华赴郑州送行。八时，去东郊山东行政学院参加技能考试，走走过场而已。收到北京作家卫建民赠书一册：《寻找丹凤阁》，卫建民著并自序，中央编译出版社一九九六年出版，一十五元四角。为赵武平主编的《读译文丛》之一种。接山西杨栋兄大札并《淡庐作客记》文稿一篇，另外还受托转赠由之信一件、《荫园书话》、《荫园小品》各一册，又自书旧作一纸：“名人之侣最传奇，多情原是好男儿。权威富贵半为梦，才子佳人便是诗。”午间，由之来取杨栋信、赠诗并晤，甚洽。

下午三时，诗人谭延桐来晤并邀约去济南大学内的新居作客，答应择日一访。晚七时，应李岩夫妇之邀，与致远斋主人一同去大渔岛酒楼小酌。

七月二十三日

接北京段华先生信并赠书一种:《帕洛马尔》，（意大利）卡尔维诺著，肖天佑等译，花城出版社一九九二年出版，五元四角五分。此为范若丁主编的《二十世纪外国文学精粹丛书》之一种；接北京书友孙桂升兄大札，谈沈从文及其作品和徐志摩对他的提携。复博山刘敏同学信，计划八月中旬赴颜山一游。十时，去省实验中学看新生录取金榜，见暄儿在计划招生名单内，甚悦。读《芸斋书简》下册。

下午，去省实验中学图书楼为暄儿领取新生录取通知书、《新生须知》（八月三十日报到分班并军训，开学时再交学杂费书本费八百二十元）和校服号码单。基民弟来晤。四时，历城郭永顺和鲁先圣分别来电话，云今日《济南时报》文学副刊《清荷》上的文章《恒心》(鲁先圣作）虽未点名，实际上写的是我，即找来一阅并收存了一份。晚，应金绪弟之约，与由之、胡珀去经七纬一路西南侧吃烤羊肉串，虽在路边，但趣味无穷，计吃了一百串，又是一个新纪录。

七月二十四日

接湖北作家李先志先生大札并文稿《清香可搂〈抱香集〉》一篇。致山西杨栋信并《淡庐作客记》订正稿。读《芸斋书简》下册。

晚，应王大姐之邀与李岩夫妇一道去三味酒寮小酌，以纪念她离开五环美食娱乐城。子夜方散。

七月二十五日

集中精力复习功课。下午三时，去省考试中心参加晋级考试。五时，去普林达印刷厂复印日记手稿五十页。七时，应祥厂长之约，与由之、金绪、胡珀一道去水文大酒店吃饭，甚悦。

七月二十六日

致北京卫建民信；致湖北李先志信。十时半，致远斋主人抵绿室畅晤并小酌，甚洽。

下午四时，收看九八甲A足球联赛实况转播，结果鲁能泰山队一比一被青岛中能海牛队逼平。六时，践约陪由之去东郊即将开门迎宾的锦都大酒店进行考察，对其装修的门面提建议若干条。经理姓王，乃一武夫也。八时，应王经理之邀去云海饭店小酌。锦都将于本月三十日开业，欲聘刚刚“失业”的由之为值班经理，并且已为其印好了两盒名片，但看到王经理的言行做派以后，我却极力阻止了，因为其结局不会太好的。开黑店，必须昧良心，这一点由之是做不到的。虽说清荷可以出污泥而不染，但近墨者黑也不是没有先例的。

七月二十七日

致北京书友孙桂升信并老舍先生三十年代济南旧居照片一帧。再读沈从文及其作品。致湖南萧金鉴兄信并孙犁老人照片一帧；致《大众日报》施斌杰兄信并孝感李先志文稿一篇。闲时读书，心绪久久难平。人有时很伟大，有时又很渺小。当自己的命运被别人主宰之后，噩运也就离你不远了。自耕于垄亩之间，自乐于篱边小趣之中，可谓真正幸福之人也。

七月二十八日

校稿。读书。午时，应由之兄之约，去四方聚酒店小酌并晤，甚洽。

偶得小诗一首："春夏秋冬季迭常，梅兰竹菊随缘赏。柴米油盐不择味，中外古今辨书香。"

七月二十九日

降阵雨。致天津百花文艺出版社谢大光先生信并《人生品录——百味斋日记》一册；致作家出版社编辑张玉太先生信并《抱香集》一册。

中午，应禚厂长之邀，带自然去大渔岛酒楼陪文学评论家张达、李夜平吃饭并探讨编书诸问题。夕，宿舍内暂时停电，热浪袭人，读《芸斋书简》以自静凉心。十时，丁彭老电召去其住所打牌，不输不赢。

七月三十日

寄赠上海图书馆、山东省图书馆拙著《抱香集》各二册；寄赠北京图书馆拙作与拙编各二种；寄赠嘉兴秀州书局拙著二十册，以支持续编《简讯》和印刷藏书票。

下午，省委办公厅老干处一行五人来院听取汇报，与王冰院长一同参加。六时，应禚厂长之约，与致远斋主人一起去水文大酒店吃饭，又唱又跳，自五环美食城停业以来，这是第一次身心自由地狂欢。

七月三十一日

安排机关医院老干部座谈会。接《秀州书局简讯》第八十期并书票二枚：一为《鸳湖春晓》；一为《武水幽澜》，均出自元代画家吴镇（字仲圭）之手。吴与黄公望、倪瓒、王蒙合称“元四家”。

晚，应由之兄约，与李岩夫妇于大吉利酒家小酌，甚悦。

一九九八年日记·卷八

八月一日（戊寅年六月初十 · 星期六）

接上海朱亚夫先生大札并《黄昏风景线》题签（任政）、序言（洪丕谟）、后记各一件；接临沂张怀杰先生信及上海洪丕谟先生致他的信复印件各一件。百尺楼主洪丕谟乃上海又一饱学狂士，其书画润例为：对联四千，条幅三千，扇面一千五百，斋名三千，国画另议。“奇书古画不论价，雄词健笔皆若飞”，典型的海派作风也。午，应禚厂长之约，去大渔岛酒楼小酌。王大姐第一天领着五个旧部弟子在此上班，又有了一种真正意义上的宾至如家的温馨。

下午，读《名人序跋》。晚，读《名人自述》。

八月二日

接长沙于晓明信，对他一边工作，一边到湖南图书馆听讲座，一边创作的勤勉精神表示欣慰；接北京书友孙桂升兄大札，其莫名其妙的无聊心绪，让我担忧，拟复信时宽言疏解之。订正《抱香集》，以便于再版。

午，代禚厂长于省委办公厅文秘培训中心请省建委定额站书记宋文仟及赵松，特约赵鹤翔老作陪。

下午三时，嘉兴秀州书局经理范笑我来电话交谈二十分钟。范兄建议我写一部另一种风格的《孙犁传》。我回答说：我对孙老知之甚少，可能不及沽上刘宗武百分之一，故没有资格动笔。范兄的好意我心领了。其间由之兄曾来借书并晤，甚洽。四时，收看九八甲A联赛实况转播，结果鲁能泰山队客场三比三逼平四川全兴队，这是九八赛季开赛以来最为精彩的一场大战，一波三折，充满悬念。美中不足的是当值裁判的低水平误判，引起了大家的强烈不满，两届“金哨奖”得主陆俊大吹灰哨，令人气愤。六时，受王大姐之托，邀约杨清禄、王龙飞、庄超成等五人去大渔岛酒楼聚会，人人放声歌唱，人人声嘶力竭狂吼，真过瘾！

八月三日

去市邮局取上海朱亚夫汇款五千元，返回途中逛书店两处，于物价书店以六折价格淘得旧版新书二种五册：《中外著名文学家木刻肖像选》，颜仲木刻，刘岘序，李桦题词，李吉庆编，人民文学出版社一九九一年出版，原价九元；《历代书法家述评辑要》，刘遵三选编并序，齐鲁书社一九八九年出版，原价三元一角。图录质优价廉，一次购下四册。致上海陈从周教授信并《抱香集》一册；致上海洪丕谟教授信并拙著和《历代书法家述评辑要》各一种。

下午，去普林达印刷厂打印材料，禚厂长相送刚刚下机的《写作学概论》一册，王瑛著，海天出版社一九九八年出版，一十三元八角，乃张达、李夜平主编的《创世纪文论丛书》之一种。五时，与王冰院长去省委办公厅老干部二处开会。晚，与阿玉漫谈后选读《梁漱溟全集》第八卷。

八月四日

从夜间三四点钟开始降大雨。接江苏老作家忆明珠先生大札并题签一件（其实上次他已题过，只不过忘记了而已）。这种礼贤下士的作风，令我感佩不已。别人能这样对待我，我也应这样对待别人。题白纸扇两把，一面题“宁静致远”，一面题《篱边小照诗》，一赠刘双，一赠三省室主人，落款：戊寅鲁村。下午四时，雨住天晴。晚，值班。应约为中国纺织大学李红阳同学题写“陋空堂”两幅，另书“大道低回”横幅一帧。九时，三省室主人于小芳饺子馆请吃水饺并漫谈，甚悦。

八月五日

九时，偕由之君去朝山街一号省外文书店特价内销部淘书，以五折购下《经典蒙学文库》一套，分别为：《三字经》、《幼学琼林》、《百家姓》、《声律启蒙》、《千字文》、《增广贤文》、《千家诗》、《朱子家训》，中州古籍出版社一九九五年出版，原价三十六元。另外还购得古代诗人全集四种：《李白全集》，鲍方校点，王运熙撰《前言》，上海古籍出版社一九九六年出版，原价一十九元；《杜牧全集》，陈允吉校点并撰《前言》，上海古籍出版社一九九七年出版，原价一十八元五角；《王维全集》（附《孟浩然集》），曹中孚标点并撰《前言》，上海古籍出版社一九九七年出版，原价一十七元九角；《柳宗元全集》，曹明纲标点并撰《前言》，上海古籍出版社一九九七年出版，原价二十五元一角。

中午，读孙犁文章《老家》和汪曾祺文章《我的家乡》。下午三时，明天出版社丁建元兄来借读《齐河县志》，受赠《科举文化辞典》一部，李茂肃主编并撰《前言》，明天出版社一九九八年出版，二十元五角。四时，去普林达印刷厂和大正印务公司取书稿清样。晚，调整朱亚夫书稿《黄昏风景线》

篇目。王玲大姐送自然瓷质沙皮狗一尊，价八十元，拟找机会回报之。

八月六日

致上海朱亚夫兄信并书稿清样一份。由《大众书画》（第十二期）得悉著名金石书画家、装帧艺术家钱君匋先生于八月二日十时二十三分在上海仙逝，作为受惠泽之一的我，极为悲痛。钱老生于一九〇七年，浙江桐乡人，曾任西泠印社副社长、君匋艺术院院长、上海文史馆馆员，著有《钱君匋论艺》、《君匋印谱》、《钱君匋作品集》等。与之交往三十八年的齐鲁书家陈梗桥著悼文云："噩耗传来，学子珠泪落，印坛一刀折。"为表示哀悼之情，即席撰《吊君匋大师》诗一首："海上印坛折巨刀，艺苑秀林殒高尧。门内弟子痛失主，圈外爱徒亦嚎啕。"

中午，沾化电厂韩勇带车来拉书，受托邀约责任编辑陶卫东女士去大渔岛酒楼小聚，以祝贺韩勇的周易研究专著出版发行。受赠签名本《太易论》一部，韩勇著，林忠军序，刘大钧题签并题词："易之为书，极天地之渊蕴，究人事之终始，故先儒推为大道之源。"韩之周易研究成果，一九九七年曾获六项国家专利。陶女士相赠由她责编的《中外法庭大舌战》一部，一山、张改霞选编，二书均为山东友谊出版社一九九八年出版，前者定价一十九元八角，后者定价一十六元。下午三时，作为入党积极分子再次向党支部汇报思想动态，接受支委们的评议。晚，收看九八甲A足球联赛实况直播，结果鲁能泰山队客场〇比一败给了前卫寰岛队，这是鲁能泰山队九八赛季踢的最差的一场比赛，简直乱不卒睹。

八月七日

大雨转细雨，历下黄梅天。接天津刘宗武先生大札并名片两张，拟遵嘱转赠管萍、逄金一。接七月八日《淄博晚报》样报一份，其《夜聊斋》副刊刊出《淡庐诗草》二首：一为《宝峰湖吟》，一为《篱边小照》。

午，应金绪之约，冒雨打的去大渔岛酒楼小酌，其他友人有刘明林处长、胡珀小妹，吃昨日金绪从福建带回来的新鲜桂圆多多。下午三时，聊城市副市长张奎明兄来查体，赠他拙著一册。四时，冒细雨入省教育书店访书，无获。六时，应禚厂长之邀，去大渔岛酒楼一起为金绪返济接风，喝白酒尤多。

八月八日

接平阴文友张铭信并转来其舅父翟向东先生大札一件，《人民日报》创刊五十周年（一九四八年六月十五日至一九九八年六月十五日）纪念明信片一枚。重读《廊桥遗梦》。午后一时，三省室主人践约来还书并小酌，极洽。五时，读《忆故乡》一书。

晚，收看译制片《野人》。许久没有静下心来收看外国片了，很刺激，也很艺术。

八月九日

接湖北孝感李先志先生大札四纸，一谈孩子学习，二询与枫庐之间的摩擦。为悼念刚刚仙逝的钱老君匋，于淡庐内重新悬挂其所赠书法作品一件并展读其手札两通。复平阴张铭信并书赠拙诗一首。致淄博郝永勃信并《戊寅杂诗》三首。读《忆故乡》一书。四时，收看甲A足球联赛实况直播，结果鲁能泰山队主场被“御林军”北京国安队三比三逼平，令人大为不满，省体育中心体育场内初闻金正男下课声。

八月十日

自夜间十二时半开始降雨，一直持续到早上五时才停止。这是入夏以来，济南下的第二场大雨。据报载，今天五龙潭内主泉已复涌。接上海《钱君匋同志治丧小组讣告》一份，其评价为：“在七十六年的艺术道路上，钱老以其艰辛的努力，遍涉书籍装帧、音乐、新诗、散文、书法、绘画、篆刻、艺术理论以及教育、编辑、出版、收藏等诸多领域，并取得了高度的艺术成就，成为二十世纪中继李叔同、丰子恺之后艺兼众美、才情卓越的艺术家之一。他的谢世，对于我国文化艺术事业是一个重大的损失。”起草《省委机关医院老干部工作自查小结》。陶卫东女士送来鲁版书评二篇，应允力荐有关报刊，受赠由她责编的《唐宋十大家书信全集》（上下）一套，仇正伟等四人主编，山东友谊出版社一九九八年出版，九十八元。入选的十家为：柳宗元、欧阳修、曾巩、王安石、司马光、苏洵、苏轼、苏辙、韩愈、黄庭坚。

下午，致逄金一、施斌杰先生信，荐刊陶卫东书评各一篇。致上海钱老子女唁函一件并悼诗一首，以表示哀悼之情。复孝感李先志兄信，简谈与枫庐关系疏远之来龙去脉。既不惋惜，也不后悔。

八月十一日

致河北保定日记研究专家寇广生先生信并《抱香集》一册。

夕，刚刚从德国进修一年归来的文友宋楠来晤，践走时之约，于济南日报社附近的海岛渔村烧烤房为之接风洗尘，所谈德国之风俗风光颇令人神往。

八月十二日

刚刚上班，四川文艺出版社资深编辑龚明德先生便打来了电话，一云我寄给他的书收到后已读完了；二云湖北省十堰市新华书店总经理、《沐浴书香》一书的作者黄成勇日前已抵济南，今天可能拜访我。九时，黄先生与李智慧先生来到，龚又来电话嘱咐黄，碰到旧版珍稀书时，别忘了为他弄几册。十时，黄、李二君去逛文化市场寻宝，我则忙中偷闲给北京孙桂升兄复信。

中午，沾化电厂韩勇兄来拉书，相约一同去大渔岛酒楼小酌，特约潜庐主人徐明祥与培志兄相陪，为照顾黄、李来自山区，特意点了一桌海鲜招待之。明祥相赠闲书二种：《南田画学》，朱季海辑，古吴轩出版社一九九二年出版，二元；《周恩来》，赵恺著，顾浩序，江苏文艺出版社一九九八年出版，九元八角。这是作者为献给敬爱的周总理百年诞辰而创作的又一部长诗，洋洋洒洒，三千二百行，节律铿锵，气势宏伟。下午四时，黄、李二兄去白峰的三联书店济南分销店淘书归来，淘得《黄裳文集》一套，即一同去山东画报出版社拜访汪稼明总编，在诗人吴兵引荐下，新友傅光中签名相赠由他参与责编的《老漫画》（第一辑）一册，六元八角。长江发大水，国人皆关注，有中学生持《济南时报》前来义卖，医院工会买下五十份分发会员。

八月十三日

致包头冯传友先生信并受潜庐主人之托，转赠签名本毛边书《听雨集》一册；致保定寇广生先生《抱香集》一册。去市邮政局取汇款后，陪由之兄去樱花大酒店考察。

中午，约邹城来客孙继泉兄小酌不果，即与自然去大渔岛酒楼随意小吃。下班前，参加紧急会议，安排各科为灾区捐款：省级五百元，厅级一百元，处级五十元，其他人自愿。大多数人捐十元，我拟捐二十元。晚，应培志约，去大渔岛酒楼参加友人聚会，微醺。

八月十四日

接临沂张怀杰短札并得赠由他父亲张文田创作的《老虎怕公鸡》一册，乃少军主编、新华出版社出版的《中国当代寓言名家名作丛书》之一种。

中午，应庄超成兄之约，去大渔岛酒楼小酌，刘处长、金绪、胡珀、张和平、由之在座，用剪子包袱锤的形式消灭了十六瓶啤酒。购一九九六年和一九九七年邮册各一，支付三百八十五元。下午三时，约三省室主人逛新世界商城内的书画市场，赝品多多，夺目触眼。在“怀谷轩”与其主人宋振江（笔名牧遥）先生漫谈良久，得赠画作五幅，非竹即兰，深受柳子谷作品之影响。回到绿室，即兴在一幅《幽兰图》上题诗一首：“荒坡崖畔百草蓬，疏影独摇篱边埂。顾盼三省心致远，自放幽香不争中。”六时，冒细雨去大渔岛酒楼参加友人聚会，见到的旧友有杨清禄、吴文茹、曹大夫、李寿亭、禚培志，新识济铁一中副校长田兄。田乃桓台人，是为同乡也。一夜细雨湿芭蕉，草坪嫩绿又一茎。

八月十五日

接德州市文联主席刘承智新著《含笑的弥勒佛》一册，东北师大出版社一九九八年出版，一十二元八角。此为《鲁北作家丛书》之一种。趵突泉、黑虎泉等泉群于今晨全部复涌，街头卖报的人则不断地以此为广告叫卖报纸：“好消息，趵突泉有水了……”天凉心爽，校稿二十余页。读黄成勇著《沐浴书香》。晚，应三省室主人之约，与李岩去大渔岛酒楼小酌。

八月十六日

值班。接江苏老作家忆明珠先生大札并横幅一件，书写内容为我呈上求教的杂咏二首:《题篱边小照》、《赠致远斋主人》。接长沙诗人周韶奎先生新版爱情诗集《看你微笑》二册，为邓延陆主编的《绿苑文库》之一种，中国环境科学出版社一九九八年出版，八元。另一册托赠丁彭老。暇中为宋牧遥《幽兰图》题诗一首:“疏影幽香浸偏坡，自顾自赏志自我。纵然移入百卉圃，独抱清韵亦离伙。”

下午，复德州市文联刘承智主席信；复长沙周韶奎先生信，感谢赠书之谊。四时，收看九八甲A足球联赛实况直播，毫不争气的鲁能泰山队主场竟被松日队〇比〇逼平，最后一分钟创造点球机会又射失点球的十号宿茂臻是为最大“罪人”。九时，下班后约由之兄去小芳饺子铺小酌。

八月十七日

刚刚上班，李耀曦兄便来了，他甫从北京归来。在京一周，不但参加了二十集电视连续剧《骆驼祥子》开机仪式，而且随《老舍在济南》专题片摄制组分别采访了九十四岁高龄的诗人臧克家和九十三岁的胡絜青老人及其儿子舒乙。受赠臧老和胡老单人彩照各一张，拟设置“淡庐珍存”专盒专门集中保存这些珍品。读邓乐群论文《中国古代的碑帖艺术》。

夕，应《山东青年》美编王龙飞之邀，与金绪、胡珀、荆辉、高迎辉、庄超成一起去舜耕山庄海鲜城聚会，吃羊血、鲜笋芽若干。十时归。

八月十八日

四十二岁生日自省之后，得《自警》诗一首：“酒场连连习为常，读写少少心发慌。自省自矫不自欺，偷闲沉潜著文章。”安排施工人员翻修供应室。午，应王冰院长之约，与邢进、王新民一道去山东省老干部活动中心小酌。

下午二时，去山东省实验中学观看九八新生军训汇报表演，遇旧友王主任和刘强夫妇。九八级新生计一千二百三十一名，分为二十二个班，暄儿被分编在十九班，班主任叫朱庆杉（女）。表演结束后，韩常校长就今年的招生、分班、军训情况作了介绍。夕，致远斋主人于大渔岛酒楼请吃饭，在座的有金绪、胡珀、刘明林处长、庄超成、禚培志等，拍照若干。子夜归。

八月十九日

慵懒无神，无心校稿。中午，应李岩女士之邀，去大渔岛酒楼小酌。

下午，受潜庐之托入省教育书店为苏州王稼句兄淘配《世界美术史》第四卷，无获。夕，应金绪之约，带自然去经七纬一路烧烤摊吃烧烤喝扎啤。九时，读《老舍书信集》。

八月二十日

李耀曦、叶秀芹、陈伯生分别来晤。接“四川名士”龚明德兄《新文学散札》一册，流沙河序，天地出版社一九九六年出版，二十八元。记得先前潜庐主人在得到毛边签名本后，曾送给我一册平装本。龚先生在信封背面补记：“此书兄如喜欢，当再签名送上毛边本。忙，未写信，封后又及。”六场绝缘斋主不但人怪，名片设计得亦别具一格，四周饰一蓝色斜方块，右上角六个红色方框中为邮编六一〇〇四一。上方为通讯地址：成都玉林北街三十四号，中间为名字“龚明德”，下沿为一行隶书体留言：“欢迎书信来往，畅叙人情文字。”却无头衔和电话号码。

中午，应王玲大姐之邀，与自然去大渔岛酒楼小酌，持赠复本《新文学散札》一册，对她明日离开大渔岛酒楼加盟月底开业的樱花大酒店表示纪念之意。下午三时，陪金绪、胡珀去市国税局副局长陈坚办公室咨询纳税有关问题。夕，于海岛渔村烧烤店请金绪、胡珀、由之小酌并晤，甚洽。

八月二十一日

接滨州诗人雪松短札并书赠丁建元、王延辉书法作品各一件；接山西杨栋兄短札并《淡庐作客记》修改稿一纸；接上海朱亚夫先生大札并书稿清样。九时，去普林达印刷厂复印近期日记手稿。天阴，偶尔有雨星飘下。心郁，静坐校对书稿清样。夕，机关医院老会计王永祺晕倒在马路边，即通知家属并一二〇急救车送省立医院。七时，在电视中看到南北抗洪报道，心忧之。九时，与戚主任打的去省立医院急诊科看望王会计，但晚了一步，二十分钟以前已送入太平间。回来的路上，老王的许多轶事不时映入脑海，许多情节是极好的笔记小说材料。我与老王同事十几年，可以称得上是了解的。

八月二十二日

夜里，不知不觉地下起雨来了。由于昨天晚上喝了一罐啤酒，又喝了一碗绿豆汤，外加两块西瓜，凌晨起来，竟拉起肚子来了。吃了四片黄连素，于八时前冒雨赶到医院值班。由于老王同志突然去世，处里、院里的领导都赶来研究治丧事宜，我被指定写挽联。

中午，雨仍下个不停，遂约致远斋主人去四方聚酒店小酌并清谈，甚洽。下午，接北京书友孙桂升信并李辉刊在六月五日《人民日报》上的《走在桐乡——茅盾、丰子恺故乡散记》剪报一份。这是孙兄近来少有的内容充实、笔触散文化的饱含人情味的一封长札，在谈到孙犁老人近况时，云："从刘兄口中得知，孙老几乎永远躺在床上，偶尔与人说几句话，有时骂人，骂一个姓徐的（刘推测是在"文革"中整过他的人）。说句不好听的话，只等时间了，但孙老是不朽的……"晚，校对书稿清样近十页。

八月二十三日

和大家一起筹办王永祺同志的丧事。接第八十一期《秀州书局简讯》。中午，于小芳饺子城自酌之。

下午一时许，与老王同志的家人一起去粟山殡仪馆布置告别仪式现场，省委副秘书长兼办公厅主任刘忠泉、副主任杨文胜到了后，告别仪式开始，一刻钟后结束。四时，贾经理持画五轴来请求鉴定真伪并估价，因为是外省三流画家的作品，建议尽早转让，最后又出示了一幅书法大师舒同“亲自送给”警卫员某某的“奋进”字幅，尽管右上方押一方不规则形状的“舒同八十之后书”和“舒同印信”名章，我仍认为是赝品，因为几处关键部位都不是舒老的一贯笔法。晚，重读《千字文》消遣之。

八月二十四日

接长沙作家唐浩明先生大札，清疏丽雅，爱不释手。致四川龚明德先生信，感谢寄赠大作；致上海朱亚夫先生信。九时，与王院长去王永祺家慰问家属。

中午，应由之兄约去大渔岛酒楼小酌并清谈，甚洽。下午，校稿。四时，降大雨。六时半，应金绪之邀，约禚培志、由之冒雨驱车去四川大酒店吃鱼头火锅。因修建泉城广场，不久四川大酒店将被拆迁。

八月二十五日

接四川龚明德先生赠书二册：一为毛边本《新文学散札》（龚明德著），一为毛边本《董桥文录》（陈子善编）。龚先生在自己的一册扉页上题跋：“自牧先生邓基平仁兄爱书写书藏书，自成风景。特送上拙作《新文学散札》毛边本一本，如有幸被自牧先生一页页地裁开、审读，便属这本枯燥文字的幸运了。《新文学散札》作者龚明德，一九九八年八月十二日。”九时，周村草云斋主人袁滨与高文鹏一行来送书稿清样。十时，邹城报社编辑孙继泉先生来晤，受赠孟子纪念金币一枚。

中午，于大渔岛酒楼请袁滨、高文鹏、孙继泉等人吃饭，特约金绪、庄超成作陪。下午，校稿。夕，应庄弟之约，与由之、金绪等去云亭饭庄吃涮羊肉。

八月二十六日

校稿。宋楠来晤。夕，金绪相约去六里山吃烧烤，婉拒；培志约去济南府大排档参加友人聚会，婉拒；王冰院长约去省体育中心看球赛，婉拒。

晚七时，与武鹰和李岩夫妇去军区第五招待所看望烟台市文联创作室主任姜利国先生并一起晚餐。九时，于姜主任下榻的房间内收看九八足协杯比赛实况转播的下半场，结果刚刚复出顶替金正男任主教练的殷铁生率领旧部以三比一赢了八一队，长了大脸。

八月二十七日

诗友宋凡赠淡庐闲书三种：《东昌古今备要》，齐保柱编，张效之序，山东友谊书社一九九〇年出版，四元五角；《泰岱史迹》，崔秀国、吉爱琴编著，陈从周序，山东友谊书社一九八七年出版，一元六角；《中国历史文化名城·聊城》，张桓、李兰芳主编，毕泗生序，启功题签，山东友谊出版社一九九五年出版，九元六角。

中午，应烟台作家姜利国之邀，与武鹰、刘丹去大渔岛酒楼小酌。晚，读《郑逸梅自订年谱》与《艺林散叶》以自娱。

八月二十八日

接八月十九日《淄博晚报》一份，其《夜聊斋》副刊刊出《戊寅杂吟》二首：一为《赠致远斋主》，一为《悼钱君匋》。

中午，应三省室主人之邀，去大渔岛酒楼小酌，甚洽。下午二时半，往省委礼堂运送捐献灾区的棉衣被褥一百六十八件，我个人则捐了自然穿的一件棉大衣。四时，博山区委组织部来车接去博山游览，盛情难却，遂约武鹰、禚培志、毕春华赴之。六时，抵博山区委组织部，休息后即去建在原山山腰的凤凰山庄吃饭，酒场上的车轮大战，令人发怵。几轮下来，至少喝了一斤二两文姜玉液。十一时，下榻于博山宾馆西楼。

八月二十九日

九时，在赵德主任的陪同下，游览了城西南的颜文姜祠，终于了却了一个心愿。十时，雁羽君赶来，一同去游览了新近发现并开发的“山东第一洞”——开元溶洞。记得我从武陵源回来后曾写了一篇《黄龙归来不看洞》，但黄龙洞再大再奇，也是属于湖南属于武陵人，而开元溶洞虽小虽短，却属于我的家乡。从开元溶洞出来后，又去青龙山下参观了利用山泉水而建的一处虹鳟鱼养殖场。

中午，源泉镇政府请吃饭，多为山珍。下午二时，一行八人驱车去登鲁山。鲁山林场据说有六万余亩，动植物资源十分丰富，但山腰山顶新建的几处庙宇却属蛇足工程，大煞风景。七时，池上镇党委书记王克新于鲁山林场饭店请吃饭，河芹菜、面炸木槿花为首次品尝。晚十时，返回博山宾馆，与培志谈家庭问题，结论是谁家都有一本难念的经，别人的方子不一定灵。

八月三十日

早八时，一行七人分乘两辆车去小顶山参观齐长城遗址与石海，新修的颜灵塔与周围环境十分不协调。十时，去星云峪一瀑布下野炊，途中曾停车参观了正在建设中的滨州—莱芜高速公路一组桥墩，高一百五十米，为山东第一，中国第四。野炊期间即兴作诗一首：“流水淙淙树荫浓，各路游人尽情兴。山野河味醉煞人，有心常把樵岭拥。”下午四时，离淄返济，途中又降雨。六时，于云亭饭庄请司机师傅吃饭。九时，浏览近日报刊。

八月三十一日

接孝感李先志信；接上海李红阳信；接河北黄骅市时建林信；接《秀州书局简讯》第八十一期四纸。

下午三时，与金绪、胡珀去青岛办事。晚八时半，抵广饶路王维家，已在青岛的由之兄在姐姐家盛情款待了我们。十二时，下榻于省体委青岛运动员训练基地招待所。岛城气候宜人，由之和大家的心情都出奇得好，这是一个令人难忘的青岛之夜。

一九九八年日记·卷九

九月一日（戊寅年七月十一 · 星期二）

八时，与金绪、由之沿海边散步，游鲁迅公园，览小青岛，然后包乘快艇一艘在海上驰骋一圈，从栈桥西侧下海滩戏浪拍照。十二时，小胡办完事赶来，一同于中山路上一家快餐店小酌后打的返回王维大姐家中，钟毅兄为我们放了一盘《艳舞女郎》。

下午三时，乘大巴离青返济，一路倾谈，甚洽。八时，于北园路上的云亭饭庄吃涮羊肉，四人喝白酒一瓶。九时半，回到淡庐。

九月二日

接保定文友寇广生先生大札及《街道》（一九九八年第七期）杂志、《中国古典文学名著——三国演义》（第一组）首日封一枚，上贴《千里走单骑》小型张一枚，一九八八年十一月廿五日发行，面值三元。小型张、首日封均为吾友陈金胜兄设计。这套邮票历时十年，今年出版的第十组为最后一组。省委办公厅接待处燕山兄送来大泽山葡萄一箱，即回赠肥城桃两箱。

中午，应禚弟之约，与金绪、守之、胡珀等七人去大渔岛酒楼小聚。下午二时，参加科主任会，分工负责明日参加运动会事宜。诗友叶秀芹来谈诗集《屈辱的阳光》校对印刷情况。

晚，校稿。杨清禄兄送来济阳县文化馆创作员李尚党诗集《人生风景线》清样让我为之作序，甚感为难，只好硬着头皮接受下来了。为人序，苦自己；先通读，再落笔。

九月三日

晨七时，复北京书友孙桂升信，建议在购买《黄裳文集》这个问题上，不要再犹豫了。八时，作为后勤服务人员去省体育中心体育场参加“中共山东省委办公厅第五届田径运动会”。下午四时，回到医院，刘明林处长来晤。接博山刘敏女士信，即复。

晚，值班。复上海朱亚夫先生信；复河北保定寇广生先生信，建议出版一部日记研究文集，并对他矢志于日记研究表示支持；复河北黄骅市书友时建林先生信并应嘱签赠拙著《抱香集》一册。

九月四日

上午，参加省委办公厅田径运动会。今日《大众日报》周末读书版刊出《关于〈第一次燃烧〉》，署名邓基平。接山东省图书馆赠书纪念卡一枚，内容为：

自牧先生台鉴：

蒙赠大作《抱香集》一部二册，现已收悉，并遵嘱入藏。专此致谢！即颂

文祺！

山东省图书馆（章）

一九九八年九月二日

下午，致苏州老作家陆文夫先生信并拙作一种，顺便为高文鹏文集《守望家园》代求题签。晚，应禚培志之约去大渔岛酒楼陪张达、李夜平教授吃饭。十时，与守之畅晤。

九月五日

于办公室内整理日记。中午，应守之君约去大渔岛酒楼小酌并清谈，甚为融洽。

下午四时，去普林达印刷厂办事。晚，为自然包高中课本十余册，久疏此技，陡生新鲜感觉。

九月六日

接江苏省老作家高晓声先生大札，悉近期被老年慢性支气管炎所困，并已影响到心脏，拟咨询有关专家后献上一二良方，以尽绵薄之力。八时半，应禚厂长之请，带燕山兄开着一八七号警车去济阳彩印厂催要欠款三万元，于厂办约文友李尚党兄晤谈，为撰写他的诗集序言做准备。受赠其旧作二种：《李尚党小说选》，山东文艺出版社一九九四年出版，六元五角；《故乡的追忆》（散文小说集），金陵书社出版公司一九九三年出版，一十四元八角。

中午，应张爱华厂长之邀，与友朋十六人去电力餐厅吃饭娱乐，在各种关系的促使下，张厂长很痛快地就把欠款付给了。四时，返回淡庐，守之君来还书并晤，甚洽。六时，空军医院林孔文主任于试营业的樱花大酒店过四十八岁生日，带生日蛋糕一个前往祝贺，见到的友人有金绪、胡珀、超成、阿泰、守之等。因中午饮酒太多，异常兴奋，妙语如珠。

九月七日

接包头书友冯传友兄大札，终于被我说动了心，开始编排自己的散文集。九时，去老诗人牛明通府上小坐，得知他已基本不上班了，但仍业余主编着《驾驶天地》杂志。践约为博山乔华女士题字一幅：“腹有诗书气自华。”

夕，旧友史挥戈相约去大渔岛酒楼小酌并晤谈，心曲倾诉为自释，独身女人抑郁多。持赠史君拙作《抱香集》一册。九时，返回淡庐选读李尚党散文。

九月八日

史君来电话，谈昨夜通读拙著《抱香集》的感受，并嘱书其中的两句话。十时，趁兴为史君题写了“抱朴守真”、“自牧独行”各一幅；为致远斋主人题写了“花开花落两由之，云卷云舒共守之”一幅；为王冰兄题写了“腹有诗书气自华”一幅；为朱晓光同学题写了“锲而不舍，金石可镂”一幅；为乔华女士题写了“大道低回”一幅。

接山西杨栋兄短札并剪报《淡庐的书香》(刊于八月廿九日《长治日报》)一纸。校稿十页。下午，参加例行周会。晚六时，于大渔岛酒楼请烟台市文联创作室主任姜利国先生吃饭，在座的有武鹰、王曙光、尹燕山、宋楠、禚培志等。

九月九日

接天津刘宗武兄大札，悉《孙犁印象》一书已开始征稿；接北京孙桂升兄大札，云对近期面世的艺术家散文系列大感兴趣，如叶浅予散文、黄永玉散文、赵丹散文、黄苗子散文等，而对林语堂文章却不敢恭维。校稿三十页。晚，值班。挥戈来取字幅。九时，与守之去小芳饺子城小酌并清谈，甚洽。

九月十日

气温高达三十五摄氏度，秋老虎发威也。今天是教师节，收到三省室主人寄来的贺卡一枚，祝辞为："一九九八年教师节，祝您快乐！感谢您给予我许多知识和人生的启迪。"从早到晚，集中精力校对书稿，至夜里十一时半，终于校完了朱亚夫先生的《黄昏风景线》清样，又了却了一桩心事。记住：一定要想方设法坐下来，以书为友，以耕为乐。

九月十一日

接天津塘沽读者王立芳信并古体诗词稿。云是因读了《百味集》而关注我的，拟复一信并寄赠《抱香集》一册，以续其谊。十时，潜庐主人来晤，谈书法并孙犁近况。

下午，淡庐安装热水管道，留守家中一边照料一边校稿。五时许，去单位传达室取报刊信件，接天津大学教授王学仲先生《疏篱秋菊图》国画一帧，上面的题字为："花开不并百花丛，独向（立）疏篱趣未穷。宁可枝头抱香死，何曾吹落北风中。自牧乡人王学仲（章）。"据天津友人告知，王老字画不但不卖，而且极少送人，今日得之，大喜过望，拟专门致信以谢之。晚，一鼓作气代李尚党兄校完诗集《人生风景线》清样，计校出作者和责编漏改错讹近百处，如署错为"暑"，松错为"松"，沧错为"苍"，挽错为"拢"，悄错为"俏"，孤错为"弧"，桨错为"浆"等等。校对，不能偷懒，更不能想当然，看着不顺眼的字，一定要拜权威——字典为师。

九月十二日

在家照料安装热水管道，到十二时才完工。天热难耐，不得不重新开启已关闭二十余天的空调。

下午，校对高云鹏散文集《守望家园》清样八十页。接山西《语文报》稿费七十二元，但尚未见到样报。晚，应金绪之约去四川大酒店吃鸳鸯火锅，同赴的有守之、超成、胡珀、于光远等。十时，与守之晤，甚悦。

九月十三日

九时，陪禚厂长等去历城狼猫山水库考察并游览，因济王公路济南段拓宽，由郭店绕行，多费时六十分钟。十一时，抵达水库管理处，在张主任的陪同下考察了水边一家饭店，然后一行四人共乘一部机动快艇沿库区转了一圈。目前库区水深二十四米，水中养鱼甚多，水边垂钓者亦甚众，每人不论持几竿，一律交费五元，钓着鱼无偿归己。

十二时许，水库管理处张主任于济王路上的科苑大酒店请吃饭。庄户饭，虽粗了一点，但可口养人。下午四时，回到淡庐。五莲文友寇峰专程来看望，受赠《青州市民政志》（1840~1988）一部，青州市长王治华作序，蒋华亭题签，宋书林主编，因属内部发行，故无定价；《现代主义代表作100种·现代小说佳作99种提要》一册，（英）西·康诺利、安·伯吉斯著，李文俊等译，漓江出版社一九八八年出版，四元五角。另外还受赠吴昌硕牌篆刻刀具一盒十把和两米长的龙骨形彩扎风筝一只。相晤二时后，应培志之邀，与寇峰、阿玉、自然一起打的去大渔岛酒楼吃饭，其他友人有王玲大姐、高迎波小弟等。席间提及暄儿认王玲大姐作干妈一事，阿玉、自然都愿意，拟找机会举行一个仪式，以表示郑重。十一时归，留寇峰宿于淡庐内。夜，热甚，辗转反侧，不得酣眠。

九月十四日

武鹰老来送书稿清样。为寇峰书“自牧独行”条幅一张。午时，与寇峰、自然去山东饺子王吃水饺。

下午，天阴继而降雨。复北京孙桂升先生信；复包头冯传友先生信；复天津塘沽王立友先生信并《抱香集》一册。今日《齐鲁晚报》“青未了”版刊出杨栋的文章《淡庐作客记》。晚，梳理《黄昏风景线》书稿清样，于大一点的空白处安排与文章相关的照片十余帧。

九月十五日

前任国家主席杨尚昆于昨日去世。寄山西杨栋兄短札并样报一张。去普林达印刷厂送清样；去大正印务复印近期日记手稿。下午，参加例行周会。晚，值班。于午夜十二时校完《守望家园》书稿清样。

九月十六日

致天津王学仲教授信并韩勇著《太易论》一册，以感谢寄赠画作；致天津市作协主席柳溪信并拙作《抱香集》一册。读《芸斋书简》。

下午三时，临沂文友张怀杰来晤并相赠图书四种：《鲁山话史》，齐元桂著，任明喜序，黄河出版社一九九三年出版，九元八角；《中国史志类内部书刊名录》（1949~1988），李永璞主编并序，山东人民出版社一九八九年出版，一十三元二角；

《济南老字号》、《周村商埠》。惜后两种书淡庐已有藏。送走怀杰，即践约与守之去省美术馆观看“纪念济南解放五十周年美术书法作品展览”，虽精品不多，但也丰富多彩。晚，应金绪弟之约，去四川大酒店吃鸳鸯火锅。

九月十七日

接北京图书馆《赠书荣誉证》一本，内容为：“尊敬的自牧先生：您赠送的《人生品录》等三种四册书已收到。您的赠书丰富了国家图书馆的馆藏，为读者提供了新的知识信息。特发此证，以资谢旌。此致　北京图书馆（章）　一九九八年九月九日。”校稿二十页。

下午，史挥戈来托为其友人代编诗集，婉拒不果。潍坊文友宋永利来晤并送稿一题。晚，为济阳李尚党的诗集《人生风景线》写序，至次日一时脱稿。

九月十八日

接天津刘宗武兄大札，悉重编的孙犁老的十册散文集进展顺利。下午，去普林达印刷厂安排制版事宜。武老来送清样。

晚，应王玲大姐之约，与阿玉、自然一起去樱花大酒店吃饭，暄儿正式认王大姐为干妈，出席宴会祝贺并作证的友人有金绪、超成、培志等。王玲大姐，正直善良，且事业心极强，很希望暄儿能从她的身上得到一些启示。

九月十九日

接北京书友孙桂升兄大札二纸；接长沙于晓明信并他所供职的公司生产的泰星力神牌黑蚁王强身液五盒。校对书稿清样。十时，去湖山路戴良科兄府上为友人取用稿证明，被挽留去樱花大酒店陪泰安市中心医院张主任吃饭，省立医院刘院长一家四口在座。下午四时，去普林达印刷厂送书稿清样。晚，应培志之约去大渔岛酒楼小酌。

九月二十日

致逄金一先生信并文稿一题。打扫卫生，迎接国庆。

晚，收看介绍杨尚昆一生的专题片。九时，应王玲大姐之约，与陈金绪、胡珀一起去大渔岛酒楼小酌并填写樱花大酒店开业典礼请柬。

九月二十一日

同事崔秀芳相赠由她编著的《家庭护理与保健》一册，山东人民出版社一九九八年出版，一十四元。复北京孙桂升信并《董桥文录》一册。韩玉玲女士来晤。

晚，三校《守望家园》书稿清样，一校《烟台之光》清样。十二时就寝。

九月二十二日

应约为崔护士长填写申报副高级技术职称的有关材料。九时半，去房管科誊填购房申请表。十一时，应王玲大姐之邀，约陈伯生、禚培志一起乘燕山驾驶的警车去历下区湖山路五十三号参加樱花大酒店开业典礼，同桌的友人还有省卫生厅的刘明林处长、省府机关医院王贤春院长、陈金绪主任、庄超成主任和张和平、胡珀等，礼品为一支状元金笔和一册袖珍通讯录。

下午四时，去普林达印刷厂印制名片两盒。接周村诗友袁滨兄大札并《草云斋书话》六则，平平泛论，未及深入也。晚，校稿。

九月二十三日

接邹城孙继泉兄大札并九月十二日《邹城市报》两份，其副刊刊有山西杨栋的文章《诗文书画淡胜工——山东作家自牧〈抱香集〉序》。致博山文友周雁羽信，为天津刘宗武兄询问内画壶事宜。刘明林处长送来一片（28×20×2）他的家乡临朐出产的五彩石，题名为《戈壁荒原》，石纹清晰，浑然天成。

中午，淄博文友高文鹏先生来晤，于大渔岛酒楼宴请之，特约王冰院长和金绪、超成、培志作陪。下午四时半，应守之约去东源美食城参加安徽金种子集团联谊晚会，边吃边喝边欣赏相声、快书，颇似旧时大户人家的堂会。八时，与守之骑车徐行观赏泉城之美丽夜景。再过几天，就是济南解放五十周年纪念日，故今年中秋节将是古城最美丽多彩的时刻。

九月二十四日

复邹城孙继泉先生信并文稿四题。十时，去保卫处开会，卢处长介绍了换发九八版《省委机关出入证》的有关事宜。午时，应王吉强夫妇之邀去大吉利酒家吃涮羊肉。

下午五时许，陪山东卫生报刊社副社长戴良科去普林达印刷厂考察，然后一起去大渔岛酒楼吃饭，特约金绪、李岩、培志、胡珀作陪，颇为尽兴。

九月二十五日

去保卫处领《省委机关出入证》(胸徽式),我的一枚编号为SD·A○五五五号。审核房改登记表。读《随笔》。

下午,刘烨园兄来院取中药并晤,共同想法为:远离文坛是非之地,远离文坛是非之人。晚,医院工会组织国庆游乐晚会,躲在一隅整理《淡庐日记》。九时,与三省室主人晤,以释抑郁。

九月二十六日

去印刷厂送书稿清样。下午,约守之去白峰主持的三联书店淘书,挑书时偶遇诗人吴兵并短晤,购下的书有:《论绝句》(增补本),启功先生著,后附《论书随笔》、《论书札记》,三联书店一九九七年第二版,一十五元六角。其简介云:“该书收入著者历年来评论书学的七言绝句一百首,每首绝句后另附短评,纵论历代书法名家及书法名迹传本的优劣真伪。辞简而意周,见解每有独到处。”《书香心怡——中国藏书文化》,上海古籍出版社一九九三年出版,八元,作者为上海的曹正文先生。《缅边日记》,曾昭抡著,此书一九四一年曾收在巴金主编的《文化生活丛刊》中出版,系作者在抗战期间由昆明到滇区边境实地考察的记录。辽宁教育出版社一九九八年出版,四元一角,为《新世界万有文库》之一种。《竹汀先生日记钞》(清·钱大昕撰)、《钮非石日记》(清·钮树玉撰)、《曝书杂记》(清·钱泰吉撰)、《前尘梦影录》(清·徐康撰)、《破铁网》(清·胡尔荥撰),以上均为辽宁教育出版社一九九八年出版,九元八角,为《新世纪万有文库》之一种。《我的灵魂的历史——沃洛申日记》,许贤绪译,学林出版社一九九八年出版，一十二元五角，为郑体武主编的《白银时代俄国文丛》之一种。以上书款被守之抢先代付，颇觉不安，因之云："下次再不约你出来淘书了，感觉不好。"守之表示下不为例。由三联书店出来后，又去山师大门口的希望书店转了一圈，淘到了一册一九九八年出版的《黄裳散文》（浙江文艺出版社出版，二十二元八角），从而也促使我下决心放弃了购买《黄裳文集》的打算。

晚六时，应培志弟之约去水文大酒店吃饭，有一半客人为嘉祥人。八时半，与培志一行六人退席去樱花大酒店夜总会唱歌，金绪、胡珀加入之，由王玲大姐出面安排，又一次过了一下歌瘾。十二时，在王大姐的建议下，六人驱车驰入将于十月二日剪彩开通的济南第一条高架路观光，由南而北，又由北而南，感觉颇佳。济南交通又上了一个档次，值得祝贺。一路横空南北，泉城渐变通途。王大姐回家后，一行五人又去大纬二路上的一家啤酒摊小酌并夜宵。次日一时许，回到淡庐。

九月二十七日

早，应王大姐之邀，约培志、燕山一起去樱花大酒店吃早茶。八时半，与培志、金绪、王玲、胡珀、超成、燕山、阿泰一行分乘两部车去历城区境内的狼猫山水库考察投资项目。十时，在水库管理处主任张子华的陪同下，先后考察了一处待租的酒店和一处养殖场，然后又乘机动快艇考察了整个库区水面。

中午，张主任于科苑大酒店请吃饭，为逃避喝酒，与王玲、金绪、超成、胡珀到附近的房彦谦墓转了一圈，墓上松柏郁葱，墓侧还遗卧着石马、石狗各一。四时，回到淡庐，收看足球赛。七时，应金绪之约去樱花大酒店小酌并与守之晤，甚洽。

九月二十八日

山东科技出版社张明华女士送来由她主编的《知识与生活》杂志六期。午，应金绪之邀，与培志、刘处长、超成一起去省府大院门口的穆宾楼吃涮羊肉。

下午，王玲大姐来取桃，即一同去普林达印刷厂取刚刚印完的《人生风景线》样书。潜庐主人徐明祥来晤。晚，收心读书，读黄裳散文四篇。

九月二十九日

接天津王学仲教授短简（“《太易论》收到，寄报《半村文选》一册，因半村与您同性情，故寄，黾翁附白”）并由他题签的《半村文选——与火柴盒贴画相关的研究》一册，半村著，杨福音序，广州出版社一九九六年出版，九元五角。省委宣传部外宣办主任王兆成兄相赠《山东概况》一册，五洲传播出版社一九九八年出版，二十九元。梁济生女士来晤，受赠由她责编的《双桨文丛——中国当代小说名作名评》一套六册，分别为：《老屋小记》（史铁生）、《余烬》（韩少功）、《二龙戏珠》（李锐）、《自家人》（刘玉堂）、《致不孝之子》（张炜）、《屋顶上的童话》（王安忆）。山东友谊出版社一九九七年出版，每册一十六元，全套九十六元。徐明祥、李峰先后来晤。为友人的事而忙碌，有苦恼也有乐趣。夕，与金绪等四人去四川大酒店小酌后转入樱花大酒店唱歌，送守之书一套并晤，甚洽。

九月三十日

美化黑板报。梁济生来晤。接市作协征集选编《济南市五十年优秀文学作品》通知一份。

晚，选读《随笔》杂志。

一九九八年日记·卷十

十月一日（戊寅年八月十一 · 星期四）

于办公室处理杂务，整理藏书、日记，校对清样，浏览报刊……倏忽一天逝去。晚，应金绪之约，去樱花大酒店小酌并宽言其郁。

十月二日

九时，持请柬去省体育中心体育馆参加山东省实验中学建校五十周年校庆，省市领导韩喜凯、王修智、谢玉堂等出席，场面宏大且隆重。

中午，淄博日报社副刊编辑周雁羽一家三口来济游览，于大渔岛酒楼宴请，作陪者有王龙飞、禚培志和阿玉、自然。四时，随培志去厂里小坐并商谈印刷事宜。六时半，再次于大渔岛酒楼请雁羽一家吃饭，作陪者有王冰、王玲、阿玉、自然、培志、金绪、龙飞等，友太因中午已喝醉，晚上只能以白开水充当白酒了。周的小女名魏诗芃，活泼可爱。十一时结束。

十月三日

晨七时，天阴。与培志、毕春华一起去锦华美食城请周编辑一家吃早茶。八时，去单位值班，武鹰老来晤。

中午，应王龙飞弟邀约去鲁宾大酒店陪《福建青年》副总编王军、美编钟建东（笔名凹凸、逗号）吃饭，做东者为山东青年画院院长侯滨兄，金绪、超成同赴之。受赠《青春潮》（一九九八年第十期）一册，回赠王总编拙著《抱香集》一册。返回时，顺便从求是书店淘得《山居笔记》一部，余秋雨著，文汇出版社一九九八年出版，二十二元。

下午和晚上，暇中浏览《青春潮》，读《山居笔记》自序和台版后记。余秋雨使人着迷，也使人妒忌。八时许，与金绪、胡珀一起去樱花大酒店小酌，赠王玲大姐《双桨文丛》一套。

十月四日

于办公室内校稿。十一时，去岳父家吃饭。下午三时，守之君来还书并晤，甚洽。

晚，应原五环美食城服务员刘红、王长鲁、贾美丽三人之邀，与王玲、金绪、培志一起去大渔岛酒楼吃饭，甚为温馨。

十月五日（中秋节）

心情抑郁，去普林达印刷厂送稿。返回后入省教育书店逛了一圈，无获。

晚，应金绪、超成之约和阿玉、自然、邓鹏一起去樱花大酒店共度中秋佳节，其他友人有阿泰、龙飞、张和平、王大姐、王护士及恋人小张，微醺。友情亲情欢乐情，中秋月圆心融融。

十月六日

去大正印务公司取稿。为高文鹏散文随笔集《守望家园》

题写书名。《走向世界》杂志社宋楠来晤。

下午，去东方图书大楼淘书，空手而归。路遇诗人孔林、史挥戈等。四时，复北京孙桂升兄信，谈文集泛滥现象：老作家出，中年作家出，青年“新锐”也抢着出。滥出的结果，是摆在书店内“冷站”、“显眼”。晚，读《黄裳散文》。

十月七日

复江苏老作家高晓声信、治疗老年慢性支气管炎的文章二题并鼓励他编选文集，因为高老和某些新秀比起来，完全够资格。周村黄永志兄来晤，赠他《双桨文丛》一套。下午，接《秀州书局简讯》第八十三期四纸；接天津市作协主席柳溪女士大札，内容为：

自牧同志：

接到您寄赠的大作及《青少年日记》一册，谢谢。因外出，复信迟了，请原谅。我昨日忽得腹泻症，今日打针吃药输液才止住，刚能起床，我就给您写这封回信，手还发抖，字草不恭，请多原谅。您从山东来，为什么您不在研讨会期间找我聊聊呢？这使我也感到非常遗憾。和孙犁最要好的老同志，除徐光耀外，几乎都已故去，那天参加会议的，我当是孙犁关系最好的唯一老同志。会上有许多人的发言不很好，有些“老左”，借题发挥，差点把孙犁说成是反对改革开放的。我不想展开争论，所以只说：“我认识孙犁五十多年，我对他是了解的……”

我对于《芸斋书简》，从刘宗武的后记中，得以了解您对于该书的出版，起了重要作用，孙犁如今病重，我想如果不是这样，他会非常感谢您的，长时间以来他担心书简出不来，所以我要代表孙犁向您表示感谢！请代问汪稼明同志好，并向他表示感谢。在当今流行向钱看的风气，他却为文学界做了一件大好事。匆匆。祝

秋安！

柳 溪

一九九八年十月四日

晚六时，于大渔岛酒楼召集友人大聚会，在史挥戈的极力劝说下，勉强同意为市中心医院药房主任房世高责编古体诗词集《真情素描》。在座的其他友人有戴良科、王贤春、金绪、培志、胡文娟等。

十月八日

接郑州大学宗华震先生信，云所编《黄河诗魂》中缝以刊登书讯和邮购启示为主，让我把《抱香集》出版书讯寄去，因不了解详情，拟放弃。代史君为房世高初编《真情素描》。已过不惑之年的高荣华近又重温文学梦，已连续写出散文多篇。下午，受她委托联系报刊编辑朋友聚会，初定在省委文秘培训中心，后又改为南郊宾馆，前后通知了两遍，几乎占用了一个下午的时间。我的这种热心是不是有点过分？在以后的交往中，学会婉拒也许是一种较好的解脱办法。六时，与山东青年杂志社美编王龙飞一起打的去南郊宾馆法铃兰厅参加马以芳、高荣华夫妇主持的聚餐会，客人中还有大众日报社编辑施斌杰、王秀真，齐鲁晚报社编辑李秀珍，《联合日报》编辑李玉，《山东文学》编辑阎先治，作家报社编辑张富英，山东青年报社副总编刘建，《老干部之家》编辑牛宝文。李秀珍女士

相赠散文集《麦地情节》一部，李蔚红序，中国文联出版公司一九九八年出版。这是一次难得的报刊友人聚会，大家都很开心。

十月九日

接潍坊寇峰先生信；接逄金一先生信；接四川文艺出版社编辑、六场绝缘斋主龚明德先生信，内容为：

邓兄：

您送的书一包妥收，都可赏可存。您鼓吹“日记文学”，是一大好事。但真的日记，却是很难以原貌问世的，名流如此，你我凡人也如此。我有二十多本日记，但我看最多有十分之一的内容可公开。书信倒是找得到的都可公开，因为写时就有点检束，不像日记那般袒露。最近得丁玲日记手迹两页，简直真实得令人可怕！如当年（一九四八年）江青欣赏丁玲，丁玲引以为知音，后来《丁玲文集》中就“处理”掉了。《大众日报》施兄已来信，言及系兄之介绍，我已供稿一沓，但不知是否合用。我请他将“读书”版寄我一些，以便建立一种目标，平时留心，争取多写一点。我现在投稿，有两个标准：一是不删改，二是稿酬来得快，而且不要太低。像《文艺报》、《文学报》，简直让我激不起兴味为其写封信，虽然都有朋友在，但稿费半年后才发，笔尖“润”得太慢也！一笑！

明　德

一九九八年十月五日

九时，陪梁济生去时代文学杂志社会晤于友发社长，协调其职称评定事宜。顺访画家陈全胜兄，不遇。下午，去普林达印刷厂审定几种书的扉页。晚，与三省室主人晤，赠她《作家报》一卷。

十月十日

七时半，与杨清禄、禚培志等一行五人驱车去济阳县钓鱼并游玩，济阳县文联主席张加增及文友李尚党、王文忠作陪。九时，一行八人来到城北罗村一鱼湾边执竿垂钓，虽然没有钓着几条鱼，但玩得颇开心。小花猫蹿来蹿去，与大公鸡统领下的一群母鸡游戏；老牛在身后场院内反刍，小牛犊、小马驹不时从场上跑过。另一个场院上，村民在脱粒稻子，湾内鱼儿弄波，水蛇游弋……一幅农村晚秋图卷使我想起了故乡。

下午一时，张主席于新华大饭店请吃饭。三时，漫游济阳街头并逛了县新华书店，而后去爱华彩印有限公司帮培志催要欠款，张厂长真是一位阿庆嫂，商业习气颇为浓重。晚六时，张厂长于鸿运酒家请吃饭并为培志换了三张上次开出的空头支票，但愿这一次能言而有信。十时半，返回淡庐。

十月十一日

致包头冯传友兄信并雁羽中篇小说稿《单位》一包，托他推荐《鹿鸣》杂志一试。复四川龚明德兄信：

明德兄：

大札收见，所言颇合吾意。日记，就是作者去世后，后人为尊者讳，也会进行删除的，但却不能改写或补写。真实为日记之生命，不真实的日记是没有什么价值可言的。施编辑日前

相聚，我已问您赐稿一事，他说力争刊出。祝

秋安！

自 牧

一九九八年十月十一日

中午，应禚厂长之约，去大渔岛酒楼小酌，陶继海、王曙光、守之在座。下午二时许，天阴甚，携伞与阿玉和传达员老夏去经二纬六路车品市场用一辆骑了十六年的二六飞鸽旧车为女儿换了一辆二六麒麟牌坤车，旧车作价六十元，补缴二百六十元。四时，于淡庐收看足球赛直播，结果鲁能泰山队主场以二比一战胜上海申花队，从而真正走出了保级阴影。六时，与金绪、胡珀去樱花大酒店小酌，王玲大姐下班后加入，共同劝金绪及早走出情感误区（崔燕移民美国后他情绪一直低落）。

十月十二日

天阴沉。去普林达印刷厂取清样。校对房世高诗词集《真情素描》清样。中午，读黄裳散文二篇。

下午，省委党校张达教授来晤并签赠文学评论集《文海蠡测》一册，此为张达与李夜平主编的《创世纪文论丛书》之一种，海天出版社一九九八年出版，一十三元八角。晚，应培志弟之约，去樱花大酒店陪浪潮电子信息产业集团公司副总裁王虎先生吃饭，新识友人有杭州展望计算机系统工程有限公司总经理鄢瑞宜，山东通用软件有限公司总经理王兴山，山大刘博士等。十一时归。

十月十三日

代房兄校对《真情素描》书稿清样。武鹰老捎来签名本《孔林散文诗选》一册，远方出版社一九九七年出版，九元八角。回赠孔林老师拙著《抱香集》一册。下午，降秋雨。五时，博山张洪兴部长送来博山之行拍摄的照片二十余张，回赠拙墨二帧，并一同去大渔岛酒楼小酌。八时，去丁彭老府上小坐后返庐挥毫写字十幅，其中一幅“宁静致远”和一幅“大道低回”最为满意。十时，读美国爱情小说《岁月留痕》（又译《笔记本》）。

十月十四日

设计《真情素描》封面、环衬。十时许，周村区纪委副书记孙方之兄来晤，受赠故乡特产周村烧饼两箱。午，与武鹰、培志于大渔岛酒楼宴请来济开会的烟台市文联创作室主任姜利国和博山区委组织部部长张洪兴。

下午二时，为省作协吴书记开车的仕莒兄来晤，云日前决定的去章丘郊游的计划搁浅，原因是中国作协副主席邓友梅在上海参加完著名女作家茹志鹃的追悼会后，明日乘飞机抵济，然后去莱芜、临沂参观，仕莒需驾车前往。即通知章丘友人高兆棠，改在下周一去章丘会友并游览。三时，约守之去甫装饰一新的泉城路新华书店访书，得《邓友梅自选集》第一卷《凉山月》（长篇小说）一册。

五时，返回绿室。接河北黄骅文友时建林信，云极想拥有一套《自牧日记》和《自牧书信》系列，可惜我目前还没有这样一个诱人的系列。晚，去丁彭老处为张达教授代转签名本《文海蠡测》一册。

十月十五日

复黄骅市时建林信并拙著《绿室诗存》一册。《作家报》总编魏绪玉兄送来十月八日出刊的《作家报》创刊十周年纪念版一份。据魏兄云，《作家报》一九九九年将连人带报移交给《大众日报》改刊发行，新的报名为《半岛都市报》，社址定在青岛。这是一件十分可惜的事情，亦是市场经济下的一种无奈选择。史挥戈来取《真情素描》诗集清样，建议另选一个书名为好。六时，应培志之约，与孝昌、王曙光一道去十四中附近一家回民火锅店吃涮羊肉。

十月十六日

致上海朱亚夫先生信并《黄昏风景线》样书一册；复潍坊文友寇峰先生信，感谢他的一番美意。八时半，去省委礼堂参加济南军区抗洪英模事迹报告会，抗洪英模的事迹十分感人。中午，续读美国爱情小说《岁月留痕》。

夕，滨州诗人雪松抵济，与金绪一起于樱花大酒店请其吃饭，微醺。

十月十七日

读美国爱情小说《岁月留痕》。去普林达印刷厂送清样。

中午，应陈之约与王冰院长一起去大渔岛酒楼吃饭，与省卫生厅贷款办主任李兵先生识，戴良科、胡珀、培志等在座。晚，去丁彭老府上打牌，小赢。

十月十八日

致潍坊文友宋永利先生信。悠然书屋主人来晤并商谈选编散文集事宜，甚悦。赠她拙编四册并书法“疏狂自牧”一幅。下午，读《阅微草堂笔记》序言两篇。四时，一边擦拭电扇一边收看甲A足球联赛实况直播，结果鲁能泰山队客场〇比一负于沈阳海狮队。

晚，应金绪之约与守之等去四川大酒店吃涮羊肉，甚洽。

十月十九日

致烟台市文联姜利国先生信并《齐鲁英才》第七卷一册；致北京文友段华先生信并照片六张；致《齐鲁晚报》编辑李秀珍女士信并文稿一题。接“山东省实验中学成立五十周年纪念封”一枚并感谢信一件。晚，与培志、李岩去纬九路烧烤一条街吃烤羊肉串。九时，去樱花大酒店夜总会娱乐，与守之合作唱歌多首，甚兴奋。

十月二十日

致临沂张怀杰先生信。接北京书友孙桂升兄惠寄图书二种：《思痛录》，韦君宜著，牧惠跋，北京十月文艺出版社一九九八年出版，一十三元，为《百年人生丛书》之一种；《梨园集》，徐城北选编，收谈论戏曲的精彩文章五十余篇，华夏出版社一九九七年出版，一十二元八角，为袁鹰、柳萌主编的《名家谈生活艺术丛书》之一种。整理修改杂诗六首，拟收入《疏篱集》中。

下午，读《思痛录》，偶得孙兄夹于书中的一张小纸条，他用铅笔书小诗一首：“牧歌不唱或有年，早已心灰与意懒。游戏人生似恶梦，何堪更拨离人弦。”午，应金绪之约去大渔岛酒楼小酌。下午三时，应守之兄邀去燃情岁月咖啡屋漫谈人生、事业与家庭。六时，于趵突泉附近的一家小饭店小酌并再晤，甚洽。

十月二十一日

致北京段华信，商谈明年合作主编《久久文丛》事宜；致《胶州文学》编辑部刘秀娥女士信并拙著二种。

中午，乐陵文友郑向东来拉书，于新华饭庄宴请，培志弟、王玲大姐、自然小女陪同。下午，史挥戈女士来取《真情素描》诗集清样，建议改为《心印小集》。晚，应培志弟之约去大渔岛酒楼小酌。

十月二十二日

接湖北中国当代作家代表作陈列馆彩印介绍一份，拟寄赠拙著《抱香集》一册。午，应金绪约，与史挥戈、刘明林等去樱花大酒店吃饭并协商药品代理事宜。

下午，参加医院例行周会，听王院长读报纸上的江泽民讲话。四时，陪青林内弟去市体委群体处找吴处长联系张旭侄参加业体篮球训练事宜，吴处长十分热情，颇让我感动。晚，放弃一切娱乐活动，休息读书。

十月二十三日

复天津市作协主席柳溪女士信并拙编《黄昏风景线》一册。基民弟来晤。李耀曦、谷来威来晤并邀一同去陪王龙飞、刘萍吃饭，婉拒。午，周雁羽陪博山区南博山镇韩祥才书记来送稿，于新华饭庄宴请，阿玉和自然作陪。

下午，既兴奋又烦躁。晚，应王龙飞弟之约去樱花大酒店吃饭，与《生活日报》记者刘欣识，培志、金绪弟在座。夜，与培志、守之驱车再上顺河高架路观光。

十月二十四日

阿玉自今日始正式下岗。医院工会组织去东平湖浏览，说不上因为什么理由，把大家送上车后竟决定不去了。复孙桂升兄信并朱亚夫著《黄昏风景线》一册。

十月二十五日

借省卫生厅保健处赵士宇驾驶的桑塔纳2000带王玲大姐、阿玉和暄儿去章丘市游览。十时，抵章丘市政协大院，在办公室高兆棠主任的陪同下先后游览了百脉泉、墨泉、龙泉、清照园等，万泉竞涌，水润人心，大家都有一种流连忘返的感觉。

中午，高主任和行政科梁洪义科长在章丘宾馆请吃饭，菜肴丰盛并富有地方特色。赠高、梁拙著、拙编多种。高主任回赠文史类书籍三种：《章丘文物汇考》，撰稿人为宁荫棠，张学海序，济南出版社一九九四年出版，一十二元；《明水今古备览》，李万百、时怀江序，一九九七年第二版，工本费八元；《赛泉诗刊》（第二届龙山文化艺术节暨龙山镇建镇十周年专刊），孟宪杰序，魏启后题签。下午三时，驱车往南部山区森林中爬山，于山中憩园喝茶一壶。五时，抵龙山镇委大院，在一位姓王的书记陪同下先后参观了城子崖遗址博物馆和一家黑陶艺术研究所，购下一只未经烧制的泥胎笔筒。六时，王书记于附近一家叫德业楼的饭店请吃饭，因饮酒偏多，阿玉颇为不悦。

十月二十六日

接苏州老作家陆文夫先生大札，因“手疾字丑”婉拒为高文鹏的《守望家园》题写书名；接北京文友康健先生信，云由我题写的“高远斋”已悬挂起。致阳谷刘玉立兄信，托他为阿玉和王玲购买治疗关节炎的胶囊。文友张银来晤，赠拙作一册。晚，应金绪之约去樱花大酒店水仙厅吃饭，与山东画报社编辑谷永威、赵文生识，其他客人有王龙飞、王飞龙兄弟和太阳神集团驻济办事处张主任等。

十月二十七日

代刘双收款。九时，去英雄山文化市场托运两千册书给烟台市文联姜利国。

中午，淄博文友高文鹏、袁滨一行六人来拉书，应文鹏之约去大渔岛酒楼吃饭，诗人黄冠杰后至。下午四时，陪青林内弟送其子张旭跟赵峰教练学打篮球。六时，应王玲大姐盛邀与陈弟去樱花大酒店吃海鲜自助火锅并畅叙，甚悦。

十月二十八日

接《秀州书局简讯》第八十四期。基民弟来晤，相约三十一日一块回老家看看。岳父来院输液，尽心照料之。可以说，我和阿玉结婚十七年来，岳父一回也未到我们医院来过，就是家中，大概也只来过二三次。晚，与金绪、培志去樱花大酒店吃饭并打牌娱乐。

十月二十九日

接苏州作家王稼句兄惠赠《当代吴门五老画集》一册，古吴轩出版社一九九二年出版，一百五十元。“五老”为：沈子丞、谢孝思、许十明、徐绍青、吴羚木。逐一赏览后，其画我偏喜沈、吴二家。接《邹城市报》（十月二十四日）一份，其周末版刊有拙作《打开自己》，系孙继泉先生从拙著《抱香集》中辑出编发的。寄武汉中国当代作家代表作陈列馆作品部何蔚先生拙著《抱香集》一册。

午，应王玲大姐之约，与王吉强父子去大渔岛酒楼小酌并晤，甚洽。

十月三十日

去省委机关房改办核对职工技术职称。去省委汽车队办理乘车证。接《人民文学》作家俱乐部会员登记表和《中外期刊文萃》征订单各一件，均不感兴趣。

中午，读徐城北选编的《梨园集》，津津有味。晚，应培志弟之约去大渔岛酒楼陪戴良科兄吃饭，杨清禄兄、吴文茹小妹、王吉强弟、金绪及胡珀等同赴之。十时，读《思痛录》。思前痛，在于防止后痛也。

十月三十一日

因定下的车子临时有事，没能按计划和基民弟一道回老家，甚憾。八时，替王兄去单位值班。致烟台文联姜利国信并印刷费发票。

午，于小芳饺子城请培志小酌并结算印刷费。下午三时，守之兄来还书并晤，甚洽。读《章丘文物汇考》和《明水今古备览》。晚八时，应超成弟之约，去樱花大酒店吃饭并晤。

一九九八年日记·卷十一

十一月一日（戊寅年九月十三 · 星期日）

接十月三十日《大众日报·周末》样报一份，其读书版以我的名义刊出《寓大智于微言——寓言作家张文田及其作品》，这是我第一次在朋友的恳求下“出借”笔名。接北京书友孙桂升兄大札并剪报二纸，一为徐城北的《秋意》，一为姜德明的《〈雪风〉小记》。九时，与培志、王玲、阿玉、自然乘程强驾驶的皮卡车去长清县五峰山游览，风很大，没有登上峰巅。中午，于五峰仙庄小酌，友人彭立志经理作陪。

下午，游览了东、南面上新开发的景点：森林浴场、白虎峪、五峰阁和崮云湖。四时，返回淡庐。六时，与阿玉、自然去锦华美食城吃饭。

十一月二日

接朱亚夫兄大札并沪上学者名流通讯地址一纸。接香港《中国人》（十月一日创刊）杂志社聘书一份并约稿函一件，顾名思义，《中国人》就是关于人——要人、名人、凡人、俗人、好人、坏人、今人、古人……的杂志。冲扩彩色照片近百张。

下午，《祝您幸福》杂志社美编孙文松先生送来其画展请柬及画册各一件，回赠拙编一种。淄博青年画家赵锦龙来晤并留下山西杨栋兄为其写的评论文章一题，拟荐《齐鲁晚报》刊之。晚，应金绪之约，与培志去樱花大酒店吃海鲜自助火锅，守之作陪。

十一月三日

复上海朱亚夫兄信并遵嘱寄上沪上名流照片十余帧和大著《黄昏风景线》最后一遍校样。致章丘高兆棠兄信并照片四张。收订一九九九年度报刊。

下午，去省委机关房改办核对职工购房申请表。四时，去山东画报出版社为稼明兄送照片，受赠新样书三种：《童年与故乡》，（挪威）古尔布兰生著，吴朗西译，丰子恺书，山东画报出版社一九九八年十月出版，一十二元五角。这是一本别具一格且趣味横生的书。《人在漩涡——黄苗子与郁风》，李辉著并序，山东画报出版社一九九八年十月出版，二十四元五角。《几人相忆在江楼——丰子恺的抒情漫画》，陈星、朱晓江编著，山东画报出版社一九九八年十月出版，六元五角。风格与特色是一切艺术的立足之本，平庸便预示着遭到淘汰。在《老照片》编辑室，冯克力主任赠送了上中下三册《你没见过的历史照片》，秦风编著，冯克力序，山东画报出版社一九九八年出版，总计二十四元。此为《老照片丛书》专辑之一种。晚，应陈弟之约去樱花大酒店小酌，遵阿玉之嘱，为王玲大姐捎去花苗三盆。

十一月四日

致烟台作家姜利国先生信。接湖北文友李先志兄大札并评论一篇；接河北黄骅市文友时建林先生信并《傅译传记五种》一册，傅雷译，钱锺书题签，杨绛代序，三联书店一九八三年出版，一九九六年三月第三次印刷，五种传记的作者及传主分别为：罗曼·罗兰的《贝多芬传》、《米开朗琪罗传》、《托尔斯泰传》，莫洛阿的《服尔德传》，菲列伯·苏卜的《夏洛外传》。

下午，与守之兄去省美术馆观看“孙文松画展”，孙兄在展厅见到我们时说：“你看好哪种风格的，我可以给你画。”看完孙兄的画展，又乘兴参观了“珠江大漂流摄影展”。晚六时，应王玲大姐之邀，与阿玉、自然、金绪等人去樱花大酒店吃饭。十时，返舍读《童年与故乡》。

十一月五日

接天津女作家柳溪信并签名本赠书二种，来信内容为：

“自牧同志：书信均收到。因手头已无《战争启示录》，所以选了两本小书送您，俟后从北京取来，再补。这两本小书已存书不多。若不是您那么喜欢藏书，也舍不得给了。这几年只顾写长篇，中短、散文都写得少，也不好出，等明年以后，写完长篇，专写中短，如能出，当再送您。匆此，祝撰安！柳溪　九八年十月二十九日。”

赠书为：《若梦集》（散文集），百花文艺出版社一九九四年出版，四元七角；《四姊妹》（中篇小说集），百花文艺出版社一九八二年出版，五角七分。致烟台姜利国主任信并拙编二种；致博山刘敏女士信并《山居笔记》、《回望家园》各一册。

中午，于大渔岛酒楼单独为王玲大姐明日飞赴珠海探亲饯行，甚洽。夕，淄博诗友宋道敏兄来晤，应培志弟约一同去大渔岛酒楼吃饭。九时，陪道敏回淡庐小坐。十时，读《童年与故乡》。

十一月六日

致嘉兴范笑我兄信并样报一份；致《齐鲁晚报》读书版编辑张向阳先生信并荐稿一题；致北京书友孙桂升兄信，汇报近期淘书读书情况；致湖北孝感市李先志信。周村友人王新华来晤。

下午，刘烨园兄送来签名本新版散文集《脉的影》一册，泰山出版社一九九八年六月出版，一十七元，此乃泰山出版社《十二月文丛》之一种。晚，应杨清禄兄之约，与培志、李岩等去大渔岛酒楼吃饭，情绪低沉。

十一月七日

接四川文士龚明德兄大札，内容为：

“自牧兄：最近利用五年前一笔三千元存款的利息两千多元把寒舍全部窗户，由原先木制的改成铝合金的，完工之后，清理书房，把兄主持的《四季文（诗）丛》放在一起，竟有六七本之多，还有两本毛边的。杨栋兄，就其文字讲，多数粗糙了点，但逢到好话题，他也写得出极可品赏的文章，如读谢泳《旧人旧事》一篇，就很好。那个夜间，就在品赏兄编的《文丛》中愉快地过去，也使疲倦消去了不少。西安书市我没去。有几位文友去西安签名售书，他们各送我一本，托人从西安背回，颇可一存。就是徐雁弄的那二十本的《华夏书香文丛》。友人李高信兄（陕人教）参与了此书设计和编校，保证了此二十本书的质量。我也只得了四本，想弄齐。这二十本书，比辽教社《书趣文丛》更可读一些。兄如无熟人，待些时让黄成勇或李高信给我们优惠价购一套。曾见三百元一套珍藏本《孙犁文集》八卷本，未购，现在颇悔。想托兄便中代我留意，我想凑足一套《作家报》的《文学史料》版。我早先是一直订阅此报的，但有一两年，我住的这个院子共有两人订《作家报》，但每次只来一份，问邮局也无好事者去追查，只好自认吃亏，故欠了不少期，我尚缺以下各总期数的《作家报·文学史料》版（十八、六十八）。我给《文学史料》刘一石先生去信，托他在编辑部代觅。据说《作家报》年底就停刊，就更加深了我对《文学史料》专版的留恋……乞兄忙中便中一助。估计济南会有单位当废纸卖积存旧报的，兄目光如炬，当可助我此愿之璧成的。近期正校《凌叔华文存》，拟年底印出，届时会送兄一部毛边本。专此　龚明德　一九九八年十月三十日。”

八时许，借培志弟的皮卡车回周村。及午，抵周村区委党校，与李国经校长和孙方之、袁滨诸友晤。十二时，李校长于党校大酒店请吃饭，并特约在党校工作的高中同学石广友、赵聿业作陪。

下午三时，驱车去淄博市看守所看望省公安厅在此施工的石俊才处长，与张军所长识。六时，返回故里，与小叔鸿泽和基庆兄、基成兄小酌。八时许，返济。十时半，安抵省城济南淡庐。

十一月八日

值班。复四川文友龚明德先生信并《黄昏风景线》一册。

中午，历下区文化馆王玉伟兄来晤，约请培志及济宁客人老杨一同去小芳饺子城小酌。

下午，校对房世高兄的古体诗词集《清音集》（原名《真情素描》）并为之设计封面和环衬。六时，省委老干局王玉芹主任来晤并借书，甚悦。八时，去丁彭老府上打牌，小输。

十一月九日

致北京文友段华信并友人文稿一题。中午，五叔鸿恩家的四弟带孩子来检查病，于大渔岛酒楼招待之。

下午，省作协人事处张丽娜同学来晤，赠她拙作《抱香集》一册。晚，应金绪之约与培志一起去樱花大酒店吃海鲜自助火锅，但我偏嗜青蔬。

十一月十日

诗人郭廓先生来晤，予拙著一种。致北京康健信并拙编一种；致天津老作家柳溪信并拙编二种，以谢赠书之谊；致苏州王稼句信并拙编一册；致上海杂文作家何满子信并拙著一册。

中午，赏读《你没有看过的历史照片》（上）。下午，参加例行周会。刘明林处长来晤。六时，应培志之约，与王龙飞、金绪、胡珀去大渔岛酒楼小酌，然后去培志家打牌。

十一月十一日

依据沪上文友朱亚夫君提供的上海名流住址，遵嘱分别致剧作家杜宣，作家王安忆、赵丽宏，学者丁景唐、邓伟志、陈燮君，画家六逸如、顾振乐，书法家任政信并拙著《抱香集》一册，乞为存览并垂教。

中午，应水文大酒店陶继海经理之约，与孝昌、培志一起去大渔岛酒楼小酌。下午三时，去市邮政局订阅报刊并顺访书店二处，淘得杂书二种：《刘说字画》，刘文杰、王逸明著，胡守文总序，中国青年出版社一九九七年十二月出版，八元八角，为《古董鉴藏丛书》之一种；《孙犁传——笔耕生涯》，管蠡著并序，北岳文艺出版社一九八六年出版，三元八角。是书我曾经买过一册，但书名似乎不一样，也算是一种别版吧。六时，培志从赤霞岭下摸奖归来，相约去自由大街一家包子铺小酌，从之。彼此吐露心声不少。九时，读《你没看过的历史照片》（中）。

十一月十二日

接邹城文友孙继泉信。王仕莒送来由邓友梅先生签名的长篇小说《凉山月》一册。杨清禄兄托人捎来滕州诗人田莽诗集《爱之独舞》清样一份，委托我代校并为之写序，因与作者不识，颇觉为难，但退回显然是不妥的，就只好先校完后再作决定。中午，赏读《你没有看过的历史照片》（下）。下午二时，陪房世高、史挥戈去普林达印刷厂审看《清音集》封面、环衬稿样。四时，临沂高守景弟来晤并借款应急，予二百元。

晚，应博山张洪兴之约，为之写字近十幅，尤以“神游物外”一幅写得最好。九时，读《刘说字画》三十页。

十一月十三日

近一周来睡眠一直不好，并且多梦。致长沙萧金鉴兄信并拙编《黄昏风景线》一册。九时，博山张洪兴来取拙墨。十时，夏津文友宋云亮来取我为他题写的斋名，其中一幅颇为得意。及午,《大众日报》读书版编辑施斌杰来商量印制《大众日报》读书版藏书票事宜，暂定每周一款印二百枚，除供刊登以外，其余分赠真正的爱书读书人，经与培志弟商议，由他的印刷厂负责制作。午，施君于小芳饺子城请吃饭，云亮、培志、自然同赴之。

下午，校对《爱之独舞》清样。夕，应培志、陶继海之约，去樱花大酒店陪省水利厅计划处处长高继宝吃饭，因小姐服务不周，加之不给打折，甚为气愤，培志发誓：再不进樱花！十时，读《刘说字画》。刘文杰，是江北年轻的大收藏家之一。

十一月十四日

值班。编稿两篇。校对《爱之独舞》诗集清样，并对版式字号进行调整。下午，牟君来晤，颇为她在工作之余读了那么多书而惊讶。书能使人沉静，使人长寿，似乎也有美容作用。八时，应约去大渔岛酒楼参加培志的友人小聚，被罚喝啤酒两瓶。九时，去丁彭老府上打牌，不输不赢。

十一月十五日

去普林达印刷厂取《清音集》样书一册，因为从责编、内文版式、封面设计均由我自己动手，故颇为关心，印刷效果基本满意。十时，续读《刘说字画》。

下午二时。去赤霞岭下的文化市场访书，途中曾花十二元摸了六张中国福利彩票，又献了爱心。逛书店十几处，以八折优惠价购得续出的《吴宓日记》七至八卷，吴学昭整理注释，三联书店一九九八年六月出版，三十六元六角。接平阴文友张铭信，托淘徐北文新著《海岱小品》和杨栋散文集《红豆集》。晚，应金绪之约，和杨清禄、孔林文一道去大渔岛酒楼聚饮，其乐融融。九时半，去丁彭老府上晤。

十一月十六日

天气渐渐冷了，暖意终于离开了。八时，去市邮局办事。返回途中于东图大楼购得贾平凹第七部长篇小说《高老庄》一部，太白文艺出版社一九九八年九月出版，二十元。据平凹在该书后记中透露，他的十四卷文集即将出版，但不包括《废都》和《高老庄》。另外，他有一种感觉，他最后的文集共二十三卷。天津大学王学仲教授惠寄由他题签作序的《汪国真旅游作品选集——旅游，一个春天的梦》一册，中国旅游出版社一九九八年出版，二十元。

中午，续读《刘说字画》。下午，《济南日报》记者牛继兴签赠刚刚出版的《济南交警风采——牛继兴交警报道新闻作品》一册，前插江泽民一九九五年十月十五日为济南公安交警支队题辞“严格执法，热情服务”，山东画报出版社一九九八年七月出版，一十九元八角。晚，谢绝一切活动，收看中央电视台为纪念刘少奇诞辰一百周年而播出的十二集大型文献片《刘少奇》一至二集。九时，读贾平凹的长篇小说《高老庄》。

十一月十七日

致天津大学王学仲教授信，并拙编二种；致《东营日报》林泉信；致平阴张铭信。续读《高老庄》，琐细但不乏可读性，生活气息颇为浓郁。

下午，去印刷厂取我一手策划的《清音集》样书六册。

夕，潜庐主人徐明祥来晤，关于书话，他同意包头冯传友的看法，不能说哪几家空前绝后，只要能在前人的“空白处”写出特点就可以说取得了成功。六时，应房世高兄之盛邀，与挥戈、培志、明祥等去大渔岛酒楼聚会，祝贺房兄（笔名泺吟）花甲之年“添丁”（出版杂诗集《清音集》）。十时归，续读《高老庄》三十页。

十一月十八日

致山西沁源荫园主人杨栋兄信并拙编二种；致《邹城市报》孙继泉信。续读《高老庄》。

下午，为滕州田莽的诗集《爱之独舞》写序，得一千二百字。晚，与金绪等去大渔岛酒楼小酌，同席的有刘明林、杨清禄、培志、徐莉莉、魏东、胡珀等。杨兄惠赠由他责编的《淄博谚语故事》一部，张文、杲红星主编，张文序，山东文艺出版社一九九八年七月出版，二十三元二角。

十一月十九日

济南市书法家协会副主席耿彬书拙诗一首：“天淡云闲百味斋，自牧其间忘形骸。煮书烹文追朴疏，听任友朋著金台。”落款为：“自牧道兄诗　草上并乞正腕　耿彬（章）。”孙启芬女士来晤，赠拙编一册。续读《高老庄》。

晚，应诗友叶秀芹（笔名一丹）之约，与杨清禄兄一道去大渔岛酒楼小酌并祝贺其诗集《屈辱的阳光》出版。杨兄相赠由他责编的杂书二种：《任风子传奇》，马殿民著长篇章回体传奇故事，前有刘平和朱希江题词，分别为：“传仙道之奇，抒人民之志。”“仙风道骨本是民意炼就，侠肝义胆全仗乡情萌生。”山东文艺出版社一九九八年四月出版，一十五元六角；《魏树海中短篇小说选》，宋协周序，山东文艺出版社一九九八年八月出版，一十二元。魏乃临沂市作协主席，去年夏天去临沂参加武迅文学作品研讨会时曾见过一面，他的小说，我只读过《清水店主》。

十一月二十日

起草《久久文丛》入选说明。接致远斋主人从珠海寄来的“一九九八年中国国际航空航天博览会实寄纪念封”一枚。十时，去省委三宿舍理发室理发。

中午，于大渔岛酒楼单独为刚刚从珠海探亲旅游归来的王大姐接风，代自然收受礼品三件：珠海渔女雕塑一尊，镂花尺幅工艺伞一把，一九九八年中国国际航空航天博览会《银海之约》邮册一部。闻珠海之美丽，心极向往，交谈甚洽。夕，章丘市政协高兆棠先生及市中区建行副行长高爱华一行四人来晤，受赠章丘大葱两捆。据兆棠讲，章丘大葱不但能智脑醒志，而且还有滋阴壮阳之功效。六时许，于大渔岛酒楼宴请兆棠一行。

十一月二十一日

十时，约守之去省美术馆参观台北故宫博物院书画（复制品）展览，可惜已于昨日闭展，甚憾。遂一同去参观建设中的泉城广场。

下午，续读平凹著《高老庄》。晚，为所藏名人字画编号造册并决定在淡庐举办自牧藏品展览，每周展示名人字画一至二件，首展的是晋元斋主人魏启后先生的一幅花鸟画。

十一月二十二日

致河北黄骅市文友时建林信并《人生品录——百味斋日记》一册。续读《高老庄》。

下午，整理一九九四年、一九九五年日记复印稿，筹备出版《人生杂俎——百味斋日记》。晚，由大渔岛酒楼经理刘坚做东，为王玲大姐接风并过生日，应邀出席的有刘明林、金绪、培志、阿玉、自然等。其乐融融，其情依依，其意诚诚。十时，浏览王大姐送的一卷《珠海特区报》、《珠江晚报》、《深圳特区报》、《深圳晚报》，印象：空泛却花哨，商业气息浓郁。

十一月二十三日

校对《齐鲁英才》（第八卷）书稿清样。接天津刘宗武兄大札，云："孙（犁）老十月中旬住院治疗，因为闹了几天肚子，不吃东西，已逾一月了，无大变化，估计还要住些日子，多治疗些日子，见了转机才好。"午，应邀去华港酒楼聚会，祝贺武鹰老晋升为一级作家。同赴的有省作协副主席任孚先、《山东邮电报》副总编马光华及刘强、刘丹。

下午，去普林达印刷厂送稿。晚，读毕贾氏新作《高老庄》后，品赏魏启后书画和孙雨田之《达摩面壁图》。

十一月二十四日

邹城市文友孙继泉夫妇来送散文集书稿两部：一为孙著《楝子花》，一为他的老师于鹤翔著《山水禅意》。狼猫山水库管理处主任老张来晤。

中午，与金绪、培志、刘坚一块做东宴请孙与张，守之、超成、胡珀等在座。下午，于刘坚办公室打牌，大输。九时，回到淡庐，初编《山水禅意》。品赏宋勉之书法作品。

十一月二十五日

接烟台书友戚树友先生短札并《当代中国造型艺术家》第一辑，执行主编辛闻，冯天亮序，高占祥、胡絜青、沙孟海等题辞，香港东方文化中心、国际文化艺术中心一九九三年出版，四十八港元。入选者中与我相识者有齐鲁晓川、戚树友。校对《人生杂俎——百味斋日记》清样。武鹰老来晤。亓昌平先生来晤。五时，去普林达印刷厂、大正印务有限公司送书稿。六时，应李岩夫妇之邀，与培志一起去大吉利酒家吃涮羊肉。

十一月二十六日

致长沙熊剑，包头冯传友，苏州王稼句，南京陆建华、谢沉见，济宁陈宝旗信并《久久文丛》约稿信各一件；致北京孙桂升信，谈对贾平凹《高老庄》的看法；致乔君信并即兴赠诗一首："乔本生颜山，婷婷让人怜。惜无润物机，只好任等闲。华冠丛林秀，口里少媚言。一朝牧其麓，相允才缠绵。"秀州书局经理范笑我来电话闲聊孙犁近况，并建议我把孙老近年的一些言行趣事公诸大家。下午，参加例行周会，对某些领导的言行不屑一听。晚，值班。培志提着一瓶红葡萄酒并凤爪、包子来晤，二人边喝边聊，颇为自得。八时，致远斋主人来借《高老庄》和《浮躁》，予之。

十一月二十七日

书法家耿彬先生来晤，悉王欣荣为张景栻的外甥，张曾做过王献唐的秘书，故对古代碑帖字画研究颇深。又悉济南画家陈玉圃已从广西调入天津某大学，欣荣曾有多篇文章介绍王学仲和陈玉圃。致威海曲展强女士信并拙著一种。校对《人生杂俎——百味斋日记》书稿清样。晚，续读《童年与故乡》。

十一月二十八日

校对《齐鲁英才》（第八卷）书稿清样。

中午，应三省室主人之约去小芳饺子城小酌。下午二时，一同去三联书店访书，得二种：《球迷日记》，刘齐著并漫画插图，群言出版社一九九八年十月出版，一十四元二角；《山居笔记》，余秋雨著，上次买的那本已寄赠颜山刘敏同学，故又买了一册自存自赏。三时，去珍珠泉玩耍，得览珍珠、亨溪诸泉、海棠园及名贵花树宋代海棠、沙枣（学名香柳）。四时，沿曲水亭街骑车徐行，又得览疏浚一新的百花洲和正在抢救挖掘中的刘氏泉、泮池，然后去省府机关医院金绪处小憩。六时，金绪做东请大家吃饭，地点为金泉酒府，在座的有培志、李岩、超成、胡珀等九人。九时，返回淡庐，品赏王仲武、苏渊雷书法作品。选读《随笔》（一九九六年第六期）。

十一月二十九日

校对《人生杂俎——百味斋日记》清样。接成都龚明德先生大札并精装本《马蹄疾纪念集》两册，来信内容为：

“自牧兄：所赐《黄昏风景线》及大札妥收。朱著第一辑我喜欢读，他的《名人书斋》我也存有。《作家报》之《文学史料》专版又烦您的同学去弄，为我您却又欠一笔人情债，这年头能托办私事的人越来越少了。您的大学同学如收藏书话书，我下回寄一本《余时书话》（北京姜德明著，我任责编）。《凌叔华文存》十二月出书后，也可送上两部，您二位人各一套。秀才人情，只能如此了。大作《抱香集》我已读完，有些体会可成文。不料今年前后编校《马蹄疾纪念集》、《凌叔华文存》以及另几种书，把我逼得连看闲书和自己写东西的兴味、时间都没有了。专问近好！明德　一九九八年十一月十九日。"

《马蹄疾纪念集》，陈漱渝主编，沈鹏题签，薛贵岚跋，四川人民出版社一九九八年九月出版，一十九元九角六分。

下午，与守之去赤霞岭北麓的百旺商城东方艺术画廊观赏字画，见到的比较喜欢的作品是天津孙其峰的一幅《竹雀图》。晚，应培志弟之约去大渔岛酒楼陪省委党校的王主任吃饭，微醉。

十一月三十日

接长沙文友萧金鉴兄长信，为他在退休前终于有了一间自己的书房而高兴不已。校对《齐鲁英才》（第八卷）书稿清样。选读《随笔》（一九九八年第六期）。晚，开始降温。读《马蹄疾纪念集》，感慨良多：善人好人马蹄疾！

一九九八年日记·卷十二

十二月一日（戊寅年十月十三 · 星期二）

校对第八卷《齐鲁英才》书稿清样。守之来还《高老庄》并晤，甚洽。中午，大雪纷飞，于穆林居请培志、守之吃涮羊肉，自然亦在座。因羊肉淋过水，故味淡且多水沫。

下午，校对《人生杂俎——百味斋日记》书稿清样。晚，品赏陈全胜所作墨竹和焦墨山水。始读《乱世佳人》。

十二月二日

接北京书友孙桂升兄大札，云此前曾复过一信，但没有收到，不知在那个环节丢失了。路滑难行，大部分骑车上班的人改为步行。值班。校对《人生杂俎——百味斋日记》。中午，应培志之约，去小芳饺子城陪胡珀小酌。

晚，应金绪弟之约，与吉强、培志、超成、王玲一起去大渔岛酒楼吃饭并打牌，大输。

十二月三日

接上海朱亚夫先生大札并转来丁景唐先生短简一件；接王长鹰寄十一月二十九日《济宁日报》一份，他责编的《文化大观园》版刊出拙作《潇湘散记》（之一）。致四川龚明德信并《人生品录——百味斋日记》一册。基民弟来晤。晚，应金绪之约，与王龙飞、守之等去大渔岛酒楼小酌并打牌。

十二月四日

天阴。复上海丁景唐先生、朱亚夫先生信；复天津刘宗武兄信；复北京孙桂升兄信；复长沙萧金鉴兄信并附样报二种。

中午，清理书库，送省新华书店李峰处存书六种计一千二百册。下午，《祝您幸福》编辑杜在媛来晤，赠拙编一册。去普林达印刷厂取房泺吟著《清音集》样书五十册。夕，应培志之约，去大渔岛酒楼吃饭，出席者还有山东卫生报刊社副社长戴良科、聊城东昌医院心血管病专家孟广轩、大众日报社记者施斌杰等。

十二月五日

接山西杨栋兄大札并待出散文随笔集《山窗集》目录一份，藏书票一枚，即复信表示同意照顾加入《久久文丛》中。接苏州王稼句兄大札并《栎下居书话》一册，陕西师大出版社一九九八年出版，一十六元。为南京大学徐雁等人筹划的《华夏书香丛书》之一种。信中问我为何未曾寄赠《抱香集》与他，记得拙著出版后，第一批赠书名单中就有他，不知因何故没有收到，即补寄一册并复信表示歉意。致南京大学徐雁、湖北少儿出版社徐鲁、陕西人民教育出版社李高信先生信并《抱香集》各一册。

中午，潜庐主人徐明祥来晤并赠三百字的稿纸十本，即一同去大渔岛酒楼小酌，其他友人有省畜牧局陶兄和市佛教协会副会长陶书童等。下午三时，与阿玉去“购物天堂”——人民商场找集萃斋主人仇瑛兄定做西服一身，受赠日本技术复制的董其昌行书扇面一件并大册页一个。五时，应王玲大姐之邀，与培志、阿玉、自然、施斌杰一起去大渔岛酒楼吃涮羊肉。

十二月六日

校稿。十时，约三省室主人来晤并观看淡庐珍藏书画展，展出的作品为井冈山老人吴法宪的书法作品、曲阜师大美术系主任杨象宪的花鸟、魏启后的《湖上小品》和朱桂馥的书法，与其畅谈并翻览《当代吴门五老集》，甚觉快慰融洽。

中午，应杨清禄兄之约，与守之、丁建元、培志及滕州诗人田莽去大渔岛酒楼小酌并祝贺田莽的诗集《爱之独舞》付梓，是书由杨清禄主编，我作序，培志承印。下午四时，回到淡庐后即倒头睡去，十时起来，洗澡，吃饭。

十二月七日

补记近日日记。校对《齐鲁英才》书稿清样。中午，应培志弟之约，去大渔岛酒楼陪王曙光、陶书童吃饭。

下午，参加周会，布置年度总结和工作考评。晚，应王玲大姐之约，与金绪等友人去四川大酒店吃涮羊肉。九时，选读《栎下居书话》。

十二月八日

接《秀州书局简讯》第八十六期四纸；接天津大学王学仲教授短简及《井上有一赞》诗一首。短简内容为：

“自牧君：两年内你赠过我许多册书，给我送来了友谊乡情，在新年即将到来之际，权将我在日本大学任教时为友人井上有一写过的一首新诗寄上，聊作一份新年贺卡，带上我对你和全家的祝福！王学仲十二月五日。”

致北京作家段华先生信并书稿清样二种；致邹城市文友孙继泉信并书稿清样二种。选读稼句兄的《栎下居书话》。晚，值班。王玉芹主任来晤，甚悦，赠她拙编一种。

十二月九日

博山文友张洪兴、胡敦荣、周雁羽一行四人来送散文集书稿，同意加盟《久久文丛》中，赠初次见面的胡大姐拙著拙编各一种。随缘斋主人雁羽赠博山内画壶一只，为吴建柱应雁羽之嘱精心书画。前面为一幅《东篱秋色图》，落款为：“自牧先生雅正，戊寅九八重阳鲁中采石（章）。”反面为晋陶渊明诗《饮酒》其五：“结庐在人境，而无车马喧，问君何能尔，心远地自偏，采菊东篱下，悠然见南山，山气日夕佳，飞鸟相与还，此中有真意，欲辩已忘言。”落款：“戊寅采石。”于大渔岛酒楼请洪兴一行吃饭，但饭毕洪兴早已派司机陈新结了账，颇觉不安。四时，初编胡敦荣大姐散文集《心香集》。晚，随着兴致先后读了《芸斋梦余》序跋部分，《芸斋书简》致段华、自牧部分，陈左高著《中国日记史略》附录部分，心宇清澄，犹似东篱采菊。读杂书、闲书，是一种忘我之享受也。

十二月十日

接待省物价局检查人员。接武汉作家何蔚信并中国当代作家代表作陈列馆专藏证一件，信的内容为：“自牧同志：您好！您惠寄本馆的大作及相关资料均已收到。谢谢！现奉上专藏证书。日后若有新作问世，还望继续惠赐，不断充实您的陈列专柜。此外，若有现成的生活照片、手稿、小传、评价等，也请尽可能提供，以便于我们早日建立立体数据库，充分利用计算机多媒体技术和交互技术，将您和您的作品推上网络，并制成PDF格式的电子文献，更好地供读者查阅。祝笔下生金！何蔚　一九九八年十二月八日。”接邹城孙继泉责编的十二月五日《邹城市报·周末》一份，其文学版在“随笔专栏”刊出拙作《独抱清雅，聆听天籁——〈爱之独舞〉序》；接北京《中国专家大辞典》自牧条目初稿一份。致潍坊文友宋永利信。

下午，去省卫生厅、山东中医学院附院办事，顺便与三省室主人去山东省美术馆参观了“山东省改革开放二十周年书法绘画摄影展”，尤以滨州乍启典的国画最为引人注目。晚，校对《齐鲁英才》书稿清样。

十二月十一日

接孝感李先志兄大札。中午，应培志弟之约，与自然一起去新华饭庄吃饭，与蓬莱书商、诗友张德兵相识。

下午二时，去大众日报社招待所参加《大众周末》座谈会，见到的作家、诗人、学者有苗得雨、任孚先、宋遂良、陈宝云、袁忠岳、李夜平、王光东、徐明祥等，新识有山大的施战军、省教育学院的吴冰沁和《大众日报》编辑王修滋、宫梅、郭爱风等。大家畅所欲言，为《大众周末》明年更上层楼献计献策，我主要谈了“读书”版的一些设想：扩大视角增加情趣，增发作家照片、书房一角或手稿简札手迹等。六时，《大众日报》常务副总编朱先生设宴招待了大家。九时，返回淡庐，选读李辉新著《人在漩涡中》。

十二月十二日

致北京作家段华信并《流淌的青春河》书稿一部。复湖北孝感市李先志信，列述《久久文丛》有关事宜。十时，去普林达印刷厂、大正印务公司安排书稿排版。

午，应培志之约去新华饭庄吃饭，新识文友有《济南时报》副刊编辑马知遥，淄博诗友白冰等。下午四时，收看亚运会足球比赛实况直播，结果由外籍教练霍顿执教的中国队以一比二惜输伊朗队。永波侄日前正式复员抵济。晚，一家四口去锦华美食城小酌。八时，带永波侄去丁彭老府上看望。十时，校稿三页。

十二月十三日

接北京孙桂升兄大札，谈到建立孙犁展室一事时，孙兄写道："关于孙老百年之后在现代文学馆建展室占一席之地事，想多说几句。津门刘兄意见可能与你我不太一致，他的意见有二：一是此事只能在百年之后，现在不能说；二是他倾向于在天津原住所设展室。他这意见也许是从实际接触的情况出发，即孙老的性格和目前这种状态，明确立下遗嘱是未知数，再是亲属对文学一无了解，由此看来此事进行起来困难较大。但此事我意宜加速进行，情况一旦有变就无法可想了，从而造成天大的遗憾。阁下是否有良策？我想与舒乙先生联系一下，提一下此事，他正在其位是他的正式工作，同时已经做过几档子，积累了不少经验。你从前好像与老舍夫人有过联系，不妨一试。这是千秋大计，功德无量的事。千万爱好孙老文字的人都会拍手称快的。"

下午四时，送永波侄去汽车站乘车返周村，然后与守之去地处北园大街的山医大第二附院参观庄超成开设的白内障治疗中心。六时，应邀去附近的云亭火锅城吃涮羊肉，甚为惬意。

十二月十四日

接山西作家杨栋大札并《山窗集》书稿一部，即选览三题，惊叹荫园主人勤奋的同时也敬佩他的才学。九时，打电话约请水电修理班的师傅来修理淡庐内的水箱。

下午三时半，诗友然琳与惜竹斋主人梁立华兄来晤。然琳转来其友蔡文静签名相赠的长篇小说新著《银梦乡情》一部，中国文联出版公司一九九八年出版，一十六元。梁立华兄相赠书法二幅，装裱好的国画两轴，分别为：《东篱秋菊图》，题款："宁肯枝头抱香死，不随黄叶舞东风。戊寅金秋时节自牧先生赠吾《抱香集》一书，获益匪浅，爱菊爱竹与吾同心相映，故挥毫写此帧相谢也，时客惜竹斋晴窗之下。梁立华（章）。"《竹石图》，题款："经风识雨凌霄汉，冰冻三尺不畏寒。瘦石相伴通禅意，君子之风到人间。戊寅年金秋，立华诗画（章）。"书法一为"明月松间照，清泉石上流"；一为"湖上微风至，墙东新柳舒"。六时，于大渔岛酒楼请立华、然琳小酌，特约致远斋主人作陪，就诗文书法绘画诸问题杂谈己见，有"泉城郑板桥"之誉的立华兄也直抒胸臆，观点与我颇为近似。

十二月十五日

接临沂高守景弟信。赏读梁立华诗书画印（补记：昨日梁兄还签赠新版线装诗集《梁立华诗选》一册，李子超题签，于希宁作序，属自印珍藏本）。

晚，郁闷。于丁彭老处小坐后返舍选读《郁达夫全集》诗词卷，尤其对《毁家诗纪》十九首印象最深。郁氏之所以出走南洋，是和其妻王映霞的背叛有极大关系的。在这个问题上，郁氏是宽容的。

十二月十六日

接上海丁景唐先生短札，谦谦之风，让人心仪。致北京孙桂升兄信并遵嘱赠其“本家”孙曾祥《抱香集》一册；致平度荆茂荣先生信并《齐鲁英才》第四卷一册。八时半，去邮局取稿费并补订《南方周末》一份。途中顺访古旧、物价两家书店，一无所获。托仇瑛学兄在人民商场定做蓝灰色毛料西服一身，仇兄坚不收款，反而弄得我不大自在，拟赠书画作品一帧答谢之。十时，滨州诗人雪松兄来晤，留吃午饭，不允。此前，回民书法家丁乐春先生送来书法作品一幅并《丁乐春书法选集》一册，山东文艺出版社一九九四年出版，四十八元。丁老书斋名“后乐”，书画满壁翰墨香。

下午，去省委机关印刷厂、普林达印刷厂办事。晚，读《陶渊明集》。二校《人生杂俎》书稿清样。

十二月十七日

诗人马恒祥先生来晤，谈到创刊十周年的《作家报》，他说最初联系了三家“婆婆”，一是北京的作家出版社，二是大众日报社，三是山东省出版总社，但最后归了大众日报社，亦是无奈之举。《作家报》一年支出需四十万元，而省作协只拨六万元，其他的只好靠化缘。在目前状况下，化缘也不那么容易呀。为纪念改革开放二十周年，省对外文化交流协会、省文化厅、省文联联合举办“于希宁、孙墨龙、尹毅巡回画展”。九时，尹毅委托其父母送来了请柬和画册。于希宁画作，时价三千元一平方尺，属阳春白雪层次也。寄出第一批中国邮政贺年（有奖）明信片，受贺者为：天津王学仲，湖南唐浩明，河北浩然，北京陈昊苏、马南坡，上海陈左高，四川龚明德，珠海李欣，浙江范笑我（即兴题诗一首：嘉山秀水散书香，范氏爱我领头羊。小店载誉宇内外，好书不怕巷子长），滨州雪松，淄博张洪兴、雁羽、刘敏、黄永志，省直王玉芹、王贤春、陈金绪、庄超成。

下午，张银送来刚出版的长篇志怪章回小说《西域平妖记》一册，远方出版社一九九八年出版，二十六元六角。作者几经曲折，终于印出此书，可喜可贺的同时，也有不少的无奈。晚，与燕山、培志一起于省委办公厅文秘培训中心为甫从广州归来的金绪弟接风并出面为燕山借款应急。

十二月十八日

接庆云县读者王立芳信并赠诗二首：“赤霞岭下百味斋，自牧其间展文才。矢志不移抱香死，来日定能筑金台。”“荻花田中自休闲，余暇无事涂片言。不为得报酬几许，求得学识医智残。”分大米。四处打电话为燕山弟借款急用。

晚，陪山东友谊出版社梁济生去省委组织部知识分子处处长林诚家中晤，然后应邀一同去新华饭庄陪杨清禄和省审计厅研究所王所长、王龙飞等吃饭。九时半，应约去培志家中小坐。

十二月十九日

接苏州王稼句兄短札，内容为：

“自牧兄：手示及尊著《抱香集》及另一册《清音集》拜收，甚感。及读《抱香》，诚然是生活之实记，情感之载录，雪泥鸿爪，颇不易也。如弟之写信，都不留底。偶一记起或也有稍富意思之语，然不存字迹矣。《久久文丛》事，如有相得之人，一定举荐。明春，盼能南下，在姑苏盘桓数日。事多，简覆，乞谅。余言后叙，顺祝炉安。王稼句十二月十日。”

校稿数页。

中午，应王玲大姐之约，与培志、自然去大渔岛酒楼小酌，甚为惬意。下午三时，约水暖维修班的师傅更换暄儿房中之暖气片。六时，金绪之同乡游金国过生日，应约与守之、培志、超成、阿泰、胡珀一同赴大渔岛酒楼祝贺，其间画家梁立华和诗友然琳送来《梁立华书画作品书签》五十枚，即席分赠，每人四枚，自留十枚。

十二月二十日

接山西作家杨栋短简并《山窗集》自序、后记和赠诗一首：《山窗即兴》：生来不喜带吴钩，梯山航海一浮鸥。无奈山窗也不静，邻家摇滚撼书楼。一九九八年岁末赠泉城书友自牧兄正之（章）。”接十一月十八日《联合日报》样报一份，其《联合》副刊刊出拙文《潜庐主人和潜庐书话——〈听雨集〉跋》。致莱西市文友王玉信。十时，致远斋主人来借《山居笔记》并观看“淡庐珍存书画展”，出展的作品为王学仲的《篱菊图》，吴泽浩的《骆驼图》，魏启后、耿彬的书法作品。

中午，一起去省美术馆参观“于希宁、孙墨龙、尹毅巡回画展”，因工作人员关门吃饭而作罢。在泉城路书店盘桓一时半，一无所获。推车入芙蓉街，在一小铺内每人吃拉面一大碗，而后寻访参观了王府池子（又名濯缨泉）和位于小巷拐角处的腾蛟泉。王府池子内，水清草碧，有四五名冬泳者正在舒臂畅游。返回途中，又入爱书人图书有限公司内逛了一圈，仍然是一无所获。晚，二校《人生杂俎——百味斋日记》。由中央电视台《新闻联播》中得悉：著名学者、作家钱锺书先生于一九九八年十二月十九日上午七时三十八分因病在北京逝世，享年八十八岁。即刻从书橱上抽出有钱老签名盖章相赠的一册精装本《写在人生边上》，抚摸再三，然后又给妻子、女儿翻览之。妻见我一副悲伤面孔，悄悄地问：“发不发唁电？”我素知钱老不喜热闹，故不想发唁电庸扰其家人，俟日后写一组悼念诗词，以表心迹。

十二月二十一日

接西安李高信先生大札、名片、赠书各一件。《鲁迅木刻形象百图》，高信编并序，陕西人民教育出版社一九九一年出版，二元九角。修改《一九九八年省委机关医院工作总结》。

夕，去大正印务送稿，被李岩挽留去大吉利酒家吃涮羊肉。九时，校对《人生杂俎——百味斋日记》清样。

十二月二十二日

接成都六场绝缘斋主人龚明德兄大札，内容为：

"自牧兄：《人生品录》收读后，颇爱之。这是真性情的质朴文字。不知因何不以月日分段，却要打散月份，而以诸如六月六日至七月六日为一卷，而又是一至三十一的编码。兄日记中全属纪实，几十年后必是山东文学研究乃至全国部分与您有往来之文人作家研究的第一手材料。试想，二三十年代，倘有一位兄这样的有心人，留下一批详尽日记，其中一九二七年至一九三六年部分有大量篇章详记鲁迅等人的事，简直是大贡献了！观序跋，兄的日记又是十六开纸，毛笔小楷，简直可以影印出版了！即使我不认识您，只要得知您的原始日记影印（没书号也无妨）了，我也会订购一部来细读。在一家旧书店见过手迹本《越缦堂日记补》，十三册宣纸本，是一九三七年印本，我不惜花几百元购回它，这是七八年前的事，当时几百元很值钱！兄身体力行倡导日记、书信的写作、印行，大益于世。由于业余习好，我也在大力搜罗五四至建国之间三十多年的文人作家书信、日记，因为日记太难得，我弄到的书信原件或复印件和印本，也可观，并已编注责编过《巴金书简》（初编）。我手头只有兄的两部著作：《抱香集》、《人生品录》。当认真细读。有兴会时，当做记录心得以求正……成都每星期日有一个大型书市，全是旧书摊，集中在杜甫草堂旁一个大院子内，只要有耐心，也可有获。我是每周日必去，太贵的书也不敢买，可以写东西的倒是贵点也买下。家中也是书满为患，刚凑起了一套《朱自清全集》，去年凑齐了《叶圣陶集》二十五卷。看大著上所附兄之书斋，您的书比我的整齐，现寄上我的书房一角之照片给您一阅，照片右下方是我写字的办事桌，木坐椅缩进了桌下。那个躺椅是不写字时看书用的，躺椅前小床是午休用的。黄成勇写过我的书柜，是每个房间都有的，照片上只是写字处，桌前是南窗。顺颂近好！龚明德　一九九八年十二月十七日。(附照片一张)”

接邹城文友孙继泉信并十二月十二日《邹城市报·周末》一份，其《生活手记》栏刊出拙作《粮票》，为继泉从《抱香集》中选编之。九时，老作家邱勋老师来晤，云说真话的文章难以全文照登，故只好不写。修改《一九九八年省委机关医院工作总结》。

晚，省委组织部林诚处长至淡庐参观书画小展，赠他忆明珠书幅小品一件并出让晋元斋书法作品绘画作品各一件，作价三千元。因是邻居熟人，故不好意思讨价还价。九时，读《旧文四篇》以悼念日前去世的钱默存大师。钱老生前最不喜欢别人鼓吹他，用阅读其作品的方式来纪念他，估计钱老是会高兴地接受的。

十二月二十三日

复四川龚明德先生信并赠他《绿室诗存》一册，《大众日报》读书版书票三枚；致北京段华先生信并《心香集》、《彩色之旅》书稿清样各一部。据报载，三联书店将推出《钱锺书集》，届时不管价格贵贱，百味斋一定要备置一套的，这也是吾迟迟没有购存《管锥编》、《宋诗选注》、《钱锺书学术论文选》的直接原因。说不尽读不透的钱锺书！晚，应潜庐主人徐明祥约去大渔岛酒楼小酌，明祥终于下决心筹编《潜庐书话》了。九时，二校《人生杂俎——百味斋日记》。

十二月二十四日

复陕西李高信、北京孙桂升信。读储瑞耕文《谈钱锺书》。

中午，去印刷厂安排印刷淡庐八行笺和淡庐自用便笺，白纸绿线，右下角各置图案一幅。晚，二校《人生杂俎——百味斋日记》，再次下决心删削之。

十二月二十五日

接上海老画家顾振乐先生信并篆书“百味斋”一幅，题款为：“自牧先生正腕，八十四叟顾振乐题于海上（章）”。信末缀语：“简化字虽利于推广，但减少笔画往往产生误读误解。”接上海李红阳、泰安张延泉、周村袁滨、济南周建青、崔然琳贺卡各一枚。十时，诗友杨洁、崔然琳来晤，得赏然琳新春画作《仕女图》二幅。

晚，参加机关医院工会组织的新春演唱会，与办公室的八位同事合唱了一首《少年壮志不言愁》。七时，应培志弟之约去大渔岛酒楼小酌，刚刚喝了半杯白酒，金绪、超成一行五人忽至，合而为一，又喝了两瓶“铁哥们酒”。十时，席散，培志大醉后躺在人行道上，即打电话召其司机小程开车来接。十一时，离开培志家，浑身精疲力尽，且汗涔涔的。

十二月二十六日

值班。接北京陈昊苏自印精美贺卡一帧，正面背景是巍巍万里长城，内里背景是盛装的天安门城楼，背景之上是陈的三首诗。是的，一九九九年是二十世纪欢度“白寿”（九十九岁），伟大祖国喜逢“知命”（五十大庆），澳门特区翩然回归一年，是值得特别纪念和庆贺的一年。浏览安琪编著的《单身隐私——五十名单身男女的情爱生活的口述纪实》，这是在《北京青年报》记者推出《绝对隐私》（安顿编著）一书引起轰动后的衍生作品，只配翻翻，不值得用心去读。

下午，又收到蔡文静、庄超成、施斌杰、张富英、颜山乔木（“九九年的钟声敲响之际，遥祝您：自牧其间忘形骸，烹文煮书筑金台”）贺卡各一枚。四时，史挥戈来晤，甚悦。晚，校对《人生杂俎——百味斋日记》清样。泛览《麦当娜》一书。

十二月二十七日

接《秀州书局简讯》第八十七期四纸，其中有北京周振甫先生《题钱默存〈管锥编〉》诗一首。为怀念钱老，特抄录于此：“高文何绮数谁能，谈艺今居最高层。已探骊珠游八极，更添神智耀千灯。九州论学应难继，异域怜才倘有朋。试听箫韶奏鸣凤，起看华夏正新兴。”另外还从《简讯》上得悉，同济大学陈从周教授已四年卧床不起，且不能说话，甚为牵念。致北京聊避风雨庐主人马南坡居士信并汇款四千元，为林诚兄代购画作四幅；致兖州信恒刚、李亚南信，诚约《齐鲁英才》文稿。复上海顾振乐先生信并《才子佳人传说》一册，以谢惠赠墨宝并代友人索题书名二种；寄长沙萧金鉴兄海米二斤；寄包头冯传友兄海米四斤。

中午，选读《姜德明书话》。下午三时，《山东青年》美编王龙飞送来童趣挂历一本。整理《一九九八年文朋诗友书札》。校对《心香集》书稿清样。九时，读雷梦水著《书林琐记》。这种真正懂得古书的人现在太少了。

十二月二十八日

“文化的最后成果是人格”，我很欣赏心理学大师荣格的这句名言。一个人没有了人格的自尊，那他就是一只断了脊梁的癞皮狗！接武汉徐鲁先生大札并赠书一册，信的内容为：

“自牧先生：您好！收到大札大著，十分欣喜。在这之前，明祥曾向我谈起过您，神交已久矣，惜无缘相识。您的日记、书简都颇有意趣，是一种‘民间语文’，自娱自乐，却也传播了知识和真理。而且重要的是，它们张扬了一种名士个性和趣味。我一边拜读一边莞尔，对‘百味斋’不胜向往之至。‘百味斋’收藏之富当令我钦羡。但愿日后有机缘识荆。寄上拙作一册，算是‘木桃’之报。盼兄赐教。即颂　新年大吉！徐鲁上，一九九八年十二月二十日。”

《黄叶村读书记》，徐鲁著并自序，陕西师范大学出版社一九九八年九月出版，一十四元。为蔡玉洗、徐雁主编的《华夏书香丛书》之一种。徐兄在扉页上写道：“自牧先生正之。我一生都在书籍中旅行，这样的一生多么令人神往。徐鲁一九九八年深秋江南。”

中午，选读《黄叶村读书记》，得知徐鲁兄曾通读过十六卷本《鲁迅全集》，一方面肃然起敬，一方面又羞愧不已，因为我曾夸口要通读《鲁迅全集》和《孙犁文集》，时至今日，进展不大，说过的话，一定要去做！下午，老评论家任孚先先生来晤。晚，再次开始通读《鲁迅全集》。

十二月二十九日

发放省委机关及部委办局公费医疗记账卡，凡四十个单位五千二百九十六人。致武昌黄叶村主人徐鲁先生信并拙编《黄昏风景线》一册。接天津黾园王学仲教授信并印刷画片一帧；接枣庄李华丰信并近期《枣庄日报·鲁南周末》一份；接博山张洪兴、济南韩玉玲贺卡各一枚。

中午，于大渔岛酒楼请培志、王玲大姐小酌，自然同赴之。下午，省新华书店李峰送来宣纸印刷的名家国画挂历两个。六时，于大渔岛酒楼请梁济生、李峰小酌并策划编书事宜。九时，读《忆故乡》。

十二月三十日

发放省直机关公费医疗记账卡。接南京大学徐雁（秋禾）教授大札并《雁斋书灯录》一册，陕西师大出版社一九九八年九月出版，一十六元。徐兄在该书扉页上写道："读书既未成名，究竟人品高雅；修德不期获报，自然梦稳心安。此历下百味斋主人自撰（非也——自牧注）联语矣，于戊寅冬札中抄示雁斋，适有新书回赠，漫笔书此，以为共勉。秋禾跋于金陵雁斋，时冬至后一日正盼霏霏雪时焉。"

中午，选览《雁斋书灯录》，觉得秋禾书话以资料详尽取胜，尤以引文多多给人印象最深，但似乎少了一些情趣。晚，读《忆故乡》。

十二月三十一日

早六时许，三校《齐鲁英才》（第八卷）清样。接美国旧金山崔燕小妹精美贺卡二枚（其中一枚托转王大姐）；接北京书友孙桂升大札并自牧书札三十六件，拟编入《自然集》一书中。

下午，致山西杨栋信并《山窗集》原稿及清样各一件。晚，金绪的儿子过十一岁生日，应邀与守之、和平、金国、胡珀、阿泰去大渔岛酒楼同贺之。九时半，读《忆故乡》。

一九九八年十二月三十一日记于历下自由大街之淡庐

一九九九年日记·卷一

一月一日（戊寅年十一月十四·星期五）

新年新气象，仍以“有日无间，不教一日闲过”为座右之铭。

值班。复南京大学中国思想家研究中心徐雁（秋禾）教授信并《黄昏风景线》一册；致北京书友孙桂升兄信并鲁报周末版多种；致博山刘敏信并“大众日报”书票二枚。午，与加班进行年度报表决算的吕会计、谢出纳一同去大渔岛酒楼小酌，王院长亦应邀赴之，甚悦。下午和晚上，埋头校稿。

一月二日

接守之兄贺卡，其题词曰：“你越来越丰富，我越来越富有，共同拥抱新的一九九九年。”接河北文友时建林信并赠诗一首：“自牧游心志不失，文耕笔耘书流年。抱朴守真乃真意，拾得万象入其诗。”

时兄在信中表示要购买一套《吴宓日记》相赠，因已有藏，拟驰信婉言谢绝之。施恩图报，非淡庐之为也。

十时，潜庐主人徐明祥来晤并仿照“荣宝斋”式样共同设计“潜庐信笺”一式，左下方框外印“潜庐”（王学仲手迹）二字，在右上方框外印“寂寞书香”（王稼句手迹）四字。下午二时，与守之去省美术馆参观“大众日报六十年报史展暨书画展”，赠她省委办公厅印制的“九九贺卡”一枚。这是省美术馆近年来展出水平最高的一次书画大联展，可谓名家荟萃，难得一聚。如京华的季羡林、张岱年、胡絜青、文怀沙、刘炳森、李铎、欧阳中石、刘巍峙、崔子范、贺敬之……天津的王学仲、冯骥才……广东的关山月……山东的武中奇、于希宁、蒋维崧、魏启后……

四时，诗友宋凡送来《中国名画》宣纸高级挂历一轴，回赠"《祝您幸福》创刊十周年纪念衫"一件并《清音集》一册。六时，于大渔岛酒楼请王玲、培志、金绪、刘坚吃涮羊肉，同时协商王大姐重回大渔岛酒楼主政事宜。晚十一时，校对《自牧致孙桂升信》（三十八封）清样。

一月三日

潜心于办公室内校对《自牧致孙桂升信》清样。下午，去普林达印刷厂微机室监制"淡庐珍藏"书票四枚：一、孙犁题字墨迹；二、胡絜青题字"舒卷自然"；三、孙犁致自牧信手迹；四、自牧圆明园小照。一九九九年，拟每月印制"淡庐珍藏"书票两枚，以分赠域内同好。

一月四日

在电话中与潜庐主人讨论我下一部集子的冠名，原名为《自然集》，明祥兄认为太高雅；又提出《淡墨集》，明祥遂首肯。其实，下一部集子的名字应是《疏篱集》，因我特别喜欢"疏篱"二字，一般又舍不得用，故决心留待下世纪初出书时再用吧！

从早到晚，伏案校稿，到晚八时检点成绩，计校完六十页。子夜，诗意涌动，偶得《九九自勉》诗一首："新年新地新气象，自耕自牧自设帐。书人书事书人生，守心守业守之祥。”

一月五日

复河北黄骅市文友时建林先生信，婉言拒绝他打算购赠我一套《吴宓日记》的美意（不仅仅因为淡庐已有购藏）。三校《齐鲁英才》（第八卷）书稿清样，重点是调整版式和字号。

中午，应王玲大姐之约，邀请培志弟一起去大渔岛酒楼小酌并与刘坚、林龙两位经理协商王大姐重返酒楼主持业务工作事宜，最后商定从次日起开始上班。

晚，于淡庐内自娱自乐，赏玩所存字画并为之编目造册。

一月六日

接北京画家马南坡先生大札并画作四件，书作一件，其中专门为我画的一幅《篱笆驴》最见功力。上眉题诗云："诗人相伴足风骚，踏雪寻梅过小桥。细雨剑门销魂处，嚼文月下费推敲。咏驴七绝一首，自牧老弟正，佛历二五四二年冬月南坡居士写（章）。"另外还用"荣宝斋"八行朱笺为我书拙诗一首："荒坡崖畔百草蓬，清影独洒篱边埂。纵然移入百卉圃，自放幽香不争中。自牧诗，南坡书。"（另几件作品乃为友人林诚购买）

接一月二日《邹城市报》两份，其文学专版刊出湖北省作家李先志书评《自牧和他的〈抱香集〉》一篇。武鹰老来晤，基本同意再与他合作主编一套诗丛。杨清禄兄来晤，正式决定续出《齐鲁英才》第九卷。下午三时许，周村区人大办公室主任张传义派车来接去周村协调有关事情。五时半到达周村区人大招待所，张主任与苏所长设宴招待，人大办公室副主任曹女士、区卫生局局长韩援朝、区防疫站站长孙治秋女士，以及从张店赶过来的济南友人刘明林、金绪、胡珀、游金国等在座。九时，于招待所内舞厅娱乐，对哈尔滨来的服务小姐的“小动作”表示反感。人啊人，该自尊的时候要自尊，该自重的时候要自重。牢记：一失足成千古恨！

一月七日

九时，随金绪等三人去区防疫站签订合作开设门诊意向书，一切顺利。中午，代金绪做东于闻香斋宴请韩局长、孙站长、张主任等，以祝贺合作成功。下午一时半，一行五人乘区人大的车返济。三时，安返办公室，与刘明林畅谈一时许，对其几种不健康的想法和做法进行了规劝和批评。接北京书友孙桂升信；接上海朱亚夫、包头冯传友贺卡各一枚。夕，应王龙飞之邀，与金绪、胡珀、守之、培志、超成、金国一起去大渔岛酒楼吃饭，乏味而又无奈，心身均感到疲累。

一月八日

诗人谭延桐寄来近十期的《作家报》一袋，其中包括一九九八年十二月三十一日出版的“终刊号”（总第五三八期），除终刊辞《道一声感谢》外，还刊发了一组各地作家、学者、评论家及编辑同仁来信摘登，题目为《十年耕耘，文朋诗友天南地北同协力；一朝停刊，仁人志士五湖四海共伤怀》。

我曾与《作家报》的同仁们共过许多事，故手持“终刊号”，心中好似打翻了五味瓶，真不知是一种什么滋味！这是世纪末的悲哀，这是山东文学界的不幸……一块清泉滋润过的“田亩”搁荒了，省城一方报业“净土”消失了……为表示感伤之悲怀，兹作诗一首哀挽之：“十载风雨渐有格，域内文友步相合。悲夫岁末易婚嫁，堪问何日再复活?”

晚，应金国、金绪弟之邀，去台湾汉宫姜母鸭酒店小酌。七时许，去丁彭老府上晤，谈到《大众日报》创刊六十周年纪念活动时，丁老出示刚刚拿到的一册《大众日报回忆录》对我讲：“由我提出命名的《丰收》副刊一说，我已写了文章收入了回忆录中，题目是《我与〈丰收〉副刊》。我开玩笑说：“你可去申请专利呢。”

一月九日

一早起来，三校《齐鲁英才》书稿清样。九时许，章丘友人高兆棠弟陪岳父来济看病，即相引去省中医内科找刘毅教授诊之，碰到熟人三人。午，与守之一起做东于大渔岛酒楼宴请兆棠一行四人。下午三时，去普林达印刷厂送书稿清样，受赠刚刚印完的《历城名人》一册，孙继鑫题签，政协历城区委员会文史资料研究委员会编，一十一元八角。晚，校稿三十页。

一月十日

值班。《齐鲁英才》三校完毕。接天津刘宗武兄电话，云已校完《耕堂文丛》（十册），计校出原版本错讹一百多处。下午，文友史挥戈来晤，劝其早日坐下来伏案写作，反对她跟着别人做药品推销员。晚八时，一副落魄相的张哲来晤，即一同去大渔岛酒楼小酌，善言相劝：三年河头，三年河尾，一定要振作起来！十时，收看电视片《百年恩来》。

一月十一日

接北京二五一六信箱《中国专家大辞典》“邓基平（自牧）”辞条复校稿一纸，即细校退之。接诗友于晓明信并赠书一册，悉不慎染上疾病不得不回到故里调养，甚为惦念。晓明是有才华的，且又是一个心善肠热的可畏后生，拟复信开导宽言之。

《历代幽默笔记精选今评》，章明评析，湖南文艺出版社一九九八年版，八元四角。晓明有书斋名“耕读堂”，由胡絜青老人和我分别题额。他的赠书章为椭圆型，上镌“写诗卒子·爱书虫”字样。晚，校对书稿清样。

一月十二日

接四川龚明德仁兄大札，悉他责编的《凌叔华文存》已付印。中午，应杨清禄兄之约，与培志、自然一起去一品居火锅城品尝狗肉、驴肉。下午，例行周会。其间诗友张俊奎来晤并索书“风雩堂”斋额，拟情绪晴和时书之。五时，应《山东青年报》副总编柳原兄之邀，与俊奎、金绪、和平一道去鲁滨大酒店参加聚会，与学习报社李鸥翔夫妇识，十一人喝掉七瓶白酒，微醉。九时许，又与金绪、和平、俊奎驱车去大渔岛酒楼喝啤酒聊天，醉归。

一月十三日

致桓台于晓明信并《清音集》一册，以示慰问并宽言静养身心。接河北省三河市浩然先生寄赠的由他主编的《苍生文学》（一九九八年第四期）一册。下午四时，刘明林处长应约前来一同去市传染病医院为诗友张明义的妻子会诊，因需要穿刺，又驱车去省立医院急诊科接来魏可良教授，魏从急诊角度提出了治疗方案。六时许，临沂电厂工会吴主席代明义于大渔岛酒楼请专家吃饭。十时归庐，校稿十页。

一月十四日

接李华丰寄来一月八日《枣庄日报·鲁南周末》一份，其《榴园》副刊上刊出拙作《独抱清雅听天籁》；接历下文学社王玉伟贺卡一帧。去普林达印刷厂退稿样。十一时，吴主席一行再次于大渔岛酒楼请我和魏教授吃饭。下午一时许，一同去医院为明义兄之妻穿刺排液，但用B超测试后，因各方面条件太差，遂放弃了穿刺。四时，与魏教授回到我的办公室谈话一时，颇受启发。晚，身心疲累不堪，婉拒金绪明天赴烟台之约，沐浴后早寝。

一月十五日

接临沂高守景弟信。致北京书友孙桂升信并《淡墨集》部分清样；致成都龚明德短札并《淡墨集》部分清样，敬请代校后赐序。

下午，发放职工九九年度劳保用品。五时，杨清禄老兄来晤，相约去大渔岛酒楼吃涮羊肉，守之、培志共酌之，甚为滋润。

一月十六日

《齐鲁英才》（第八卷）对红完毕，只发现页码有两处不符，改后即送普林达印刷厂待印。张哲弟、新林弟先后来晤，留饭未允，即独自去大渔岛酒楼小酌，得与刘坚、守之晤谈，甚洽。下午，开始校对杨栋兄散文随笔集《山窗集》清样，因杨兄自校不太负责任，我只好静下心来慢慢梳理，别字及标点符号错讹尤多，如扬州误为“杨州”，邋遢误为“拉塌”，竟误为“竞”，实属不该出现的错误也。六时，应培志约去大渔岛酒楼陪书商张德兵兄弟小酌并代管萍女士商谈其友小说集出版事宜。九时归庐，校稿四页，觉疲累，即休息。身体是自己的最大本钱，万万不可透支使用。人逾不惑，更应懂得自守自调。

一月十七日

接沪上老画家顾振乐先生大札一通，自印贺卡一帧，题签三种：“随缘集”（篆书）、“楝子树”（隶书）、“山窗集”（楷书）。致三河市浩然先生信，为胡敦荣女士代求散文集《心香集》题签，为崔然琳代求散文集《流淌的青春河》题签。校稿。十时，与守之去省府机关医院找林主任检查身体，发现左肾内有结石一粒，拟于方便时用碎石机碎之。

下午，整理一九九八年度日记手稿及淡庐友人书札，拟托省委机关印刷厂许文兄装订。晚，赏读陈星等人编著的《几人相忆在江楼——丰子恺抒情漫画》。九时，续校《山窗集》清样，因改动太多，速度极慢。

一月十八日

接《大众日报·周末版》主任张丽华女士贺卡一帧。守之来晤，甚洽。十一时，参加医院考评小组会，审定一九九八年度嘉奖、优秀人员名单。午，应刘坚、守之约请，与画家梁立华及诗友然琳一同去大渔岛酒楼小酌并筹备画廊布置事宜。立华相约为其长卷《红梅图》赋诗，然琳相约为其一幅《松下煎药图》题跋，一一应之。

下午，托市邮局于正英大姐购得《一九九八年中华人民共和国邮票》全本插册六本，每本一百七十元，自留一册，其他给予挚友相托者。晚，应培志之约，去大渔岛酒楼小酌，微醺。

一月十九日

忙中偷闲，校对《山窗集》稿样。前几天邮购的一册《投稿人实用手册》今日收到，谭微主编，陕西旅游出版社一九九八年版，二十九元八角。该手册汇集了全国五千多家报社、杂志社，一千多家电台、电视台，五百多家出版社的通讯地址、特色栏目或采稿范围，另附相关资料若干，实用性颇强。一册在堂，稿投速畅。

下午，小友张翊来晤，甚悦，予拙编《清音集》一册。汪家明兄捎来天津刘宗武兄大札一通。晚，应培志弟盛邀去大渔岛酒楼小酌，席间传呼省艺研所杨宇全前来同酌并协商在酒楼内设立画廊事宜，一切顺利。

一月二十日

接四川省达川地区“难得书画院”信并空白宣纸八行笺一张，一索赠《抱香集》、名片，二要求为之题词，虽属不速之札，辗转寄来亦不易，拟一一满足。

续校杨著《山窗集》稿样。小友蔡樱来晤，甚悦。

一月二十一日

复达川“难得书画院”信并题词：“新书乍到，开卷闻香，如对佳人；旧书宝贵，韦编三绝，胜过古董。——适校山西作家杨栋著散文集《山窗集》清样，顺手摘佳句以应难得书画院之约，自牧一九九九年一月二十一日。”致胶州刘秀娥、青岛李鸥翔、烟台姜利国、周村刘春水、张店雁羽、淄川吴翚信各一件。校稿十余页。

下午，去东图大楼访书，得贾平凹新著《敲门》一册，作家出版社一九九八年版，十一元。夕，应刘坚弟之约，与王龙飞、培志等去大渔岛酒楼小酌并打牌。夜十一时，读《敲门》一书，随意率真是为特色，但总的来说却感到了一种退步和浮躁。不管多么大的名家，草率成篇永远是一大忌。

一月二十二日

与潜庐主人徐明祥通电话，通报筹编《淡庐丛书》计划：即把《百味集》、《绿室诗存》合而为一，仍以《百味集》名之作为一卷；把《人生品录——百味斋日记》更名为《淡墨集》作为一卷；把《抱香集》作为一卷；把操作中的《淡墨集》更名为《疏篱集》作为一卷，重新包装、设计，纳入《淡庐丛书》出版之。形似文集，又非文集，日后《脉望集》、《雪澡集》、《无定集》、《自然集》也将以次序续入《淡庐丛书》系列。工程浩大，矢志不移，百倍努力，自信能够完成。

续读《敲门》一书。续校《山窗集》稿样。晚，应金绪之约与培志、静水等去大渔岛酒楼小酌，颇为适意。

一月二十三日

从淡庐书库中找出旧作《百味集》、《绿室诗存》、《人生品录——百味斋日记》各一册，重新标示版芯、字号、版式后，送普林达印刷厂付排。午，与培志等五人去大渔岛酒楼小酌，得与守之晤，甚洽。下午，续校《山窗集》稿样。接四川文艺出版社龚明德兄寄赠由他责编的毛边本《凌叔华文存》上下两卷，陈学勇编，四川文艺出版社一九九八年十二月初版，四十八元。文存所收作品为凌叔华（1900—1990）二十世纪二十年代至八十年代陆续写出并发表出版，时间跨度前后逾半个多世纪。

晚，淄博市卫生局王绪健主任同滕州市人大孙主任一家抵济，与金绪在大渔岛酒楼招待之，孙主任带来的两瓶茅台酒经大家品尝后一致认为是假的，即改喝“铁哥们酒”。十时半，沐浴后就寝。

一月二十四日

由士宇弟驾车去周村，尽管大雾迷漫了济青高速公路，车子仍以一百迈的速度疾驰。十时，抵宋肇水兄府上畅叙，受赠宋勉之八十七岁时书写的书法作品三件，肇水书画各二件。十一时，与肇水一起回到故里，协商为侄儿办理农转非事宜并小酌。下午二时，驱车去淄川小赵村李通昌书记府上短晤，从通昌的书橱内索赠苏州周瘦鹃著《花木丛中》一册，谢孝思序，费新我题签，金陵书画社一九八一年版，九角八分。是书于一九八二年入藏“三乐斋”，通昌购自常州一家书店。四时许，抵博山区委组织部，洪兴部长相赠北京画家闲者《荷趣》一幅，回赠宋肇水书画作品各一幅。五时，洪兴于区委机关食堂小餐厅请吃饭，特约刘敏女士作陪。晚七时，去大街派出所刘敏办公室小坐，受赠《中华人民共和国邮票（1992）插册》一册，回赠装裱好的梁立华画作《墨竹》一轴，以贺乔迁之喜。九时，返回济南，去大渔岛酒楼喝啤酒。十时半，赏读《花木丛中》序言。

一月二十五日

接湖北文友李先志信；接诸城日记人管炳圣信，通报他所在的百尺河初中将于五月六日举办第二届日记节并索献良策，拟为之题写一句话祝贺。十时，去普林达印刷厂检查《齐鲁英才》（第八卷）印刷质量，受赠山东济南四个弟子集资翻印的《阿弥陀佛》一册，前印金妆佛像一帧，两侧对联为“四十八愿度众生，九品咸令登彼岸”。次印《净宗二祖善导大师劝化众生念佛偈》，即：“渐渐鸡皮鹤发，看看行步龙钟。假饶金玉满堂，难免衰残老病。任是千般快乐，无常总是到来。唯有径路修行，但念阿弥陀佛。”“归源无二路，方便有多门。”念佛则为方便中的方便。

读《花木丛中》一书。

晚，值班。吴文茹同志来晤，甚悦。八时，约培志去大渔岛酒楼小酌，受阿玉之托，赠送王玲大姐金边吊兰一盆。

一月二十六日

续校《山窗集》稿样，因引文多，误植多，故速度甚慢。下午，去大正印务公司委托李岩女士把拙著《抱香集》单独输入我带去的一磁盘内，以备日后再版时使用。偶然得览《共和国主席刘少奇》大型画册。晚，读完贾平凹新著《敲门》，计发现误植六处。十时，品赏扬周《虾趣图》，马南坡书品，钱君匋书品。

一月二十七日

复湖北李先志兄信，对他的散文随笔集加入《久久文丛》大开绿灯。致三河市浩然先生信，感谢他寄赠《苍生文学》并为友人代求书名题字；致上海老画家顾振乐先生信，感谢他题写书名并请求补题一个隶书体的“花”；致济阳文友李尚党信并样报一份。

午，应培志约去大渔岛酒楼小酌。下午，续校《山窗集》稿样，仍进展缓慢。三时，踅入对门省教育书店访书，无获。非惜银，实无可心之书也。晚，应金绪弟之约，与杨清禄、培志一同去大渔岛酒楼小酌并漫谈。

一月二十八日

接邹城文友孙继泉信并《楝子花》书稿校样一份，一月十六日《邹城市报·周末》二份，其“文学艺术”版刊有拙作《以笔为桨，书写人生》，即复并附《淡庐诗稿》一组；接北京书友孙桂升兄信并张中行新作《知惭愧》（刊于一九九九年一月二十一日《北京晚报》），即复信表示同意他对我书稿清样中的几处不妥之处进行技术处理。

校对《山窗集》清样，重点是病句和标点符号的误植。晚，王玲大姐以干妈的身份请刚刚期末考试完的暄儿吃饭，与阿玉一同去大渔岛酒楼陪之。

一月二十九日

人来人往，杂事缠身，心躁难宁。午，去丁彭老府上混饭一顿，并商量编辑出版其散文随笔集事宜。下午，胡威学兄来晤，受赠由他责编的《98洪灾检讨书》一册，郁东方编著并自序，山东友谊出版社一九九八年版，十三元八角，为韩春、胡威策划的《当代警世丛书》之一种。守之来还书借书并晤，甚洽。

晚，应培志约去大渔岛酒楼小酌，退席早归，准备翌日赴平阴参加马兴坤、苏华小说集研讨会。九时，守之来取报刊又晤，极洽。十时半，中央电视台《读书时间》（第二十四期）推出“纪念老舍诞辰一百周年”专辑，舒济、舒乙作为家人回答了记者的提问。老舍先生一生中有三个资料匮乏的断裂点：一到二十四岁，即童年、少年、青年时期；在英国四年，新加坡半年；在美国四年。因此，人们写老舍的传记总是写不长。又据舒济、舒乙介绍，《微神》是老舍自己最满意的一篇小说，因为里边有他初恋的影子。

子夜，挥毫为淄川李通昌书写“三乐斋”一张；为诗友张俊奎书写“风雩堂”三张；为诸城管炳圣书写“日记宣言”一张；为守之书写《题牧遥〈幽兰图〉》诗一首。淡庐挥毫不计拙，自牧聊发书痴狂。

一月三十日

八时，践约与赵鹤翔、武鹰、赵耀堂、耿建华、马光华一起去平阴田山电灌站参加“马兴坤、苏华小说集《痴女》研讨会”，得以与平阴县委宣传部长张明兰、副部长李庆余、文联主席董宪云、文化馆长雷庆龙、篆刻家王乐洲、作家展恩华、宋俊忠相识。研讨会在电灌站会议室内召开，因没有任何取暖设施，大家冻得直搓手，但发言还是很积极的，当然，有肯定也有期望，肯定大于期望。

中午，张部长在电灌站餐厅请大家吃饭，轮番敬酒，穷于应对。下午四时，去岳母家小憩，呕吐。晚八时半返回，守之来探望并晤，甚洽。

一月三十一日

值班。接山西杨栋先生信及退存自牧书札近十件；接四川达川难得书画院廖瑞先生信，相邀再次为之题辞。金绪弟借杨清禄兄现款两万元，从中周旋并具名担保之。下午，校对《山窗集》二十多页。潜庐主人明祥君来电话就其下一部书名交换意见，他查遍徐雁主编的《中华读书大辞典》，许多带书的书名都让人家占用了，思来想去，他起了个《爱书集》，觉得太俗太直，遂代拟《脉望集》、《书脉集》二名，他说前者太雅太偏，怕读者不识，后者既带一书字，又可粗解为书的脉胳或者脉搏，故较为合适。同时受邀为其“潜庐书简”题一小笺，拟心情畅和时一试。晚八时，应刘坚、守之邀去大渔岛酒楼小酌，甚为尽兴。

一九九九年日记·卷二

二月一日（戊寅年十二月十六 · 星期一）

致山西杨栋信，建议《山窗集》各小辑略作调整与补充，以求统一、大雅；致诸城管炳圣信并题辞、《疏篱集》日记部分清样各一件；致淄川李通昌信并斋名一件。晚，续校《山窗集》书稿清样，急不得，躁不得，只好耐着性子慢慢来。

二月二日

践约为崔然琳女士的一幅国画题名题诗。画面为一长髯老者在松荫下拨火煎药，故命名为《药王煮药图》，并即兴题诗四句："终南山麓叠柯烧，瓦釜百草细煎熬。药王拨火思加减，普救疾民止哭嚎。"

续校《山窗集》书稿清样，读张曰凯主编、汪曾祺作序的《新笔记小说选》。夕，潜庐主人送来青州培植的红花杜鹃一盆，花稠且大，并且一株上开两色花。六时，应金绪约去大渔岛酒楼参加胡珀女士的生日酒会，即兴于与蛋糕随赠的贺卡上为金绪、胡珀各题诗一首，其中一首为："蒲田寿石驰华夏，金绪泺源把根扎。胡珀相伴左右手，处处香巢处处家。"从晚十时开始，于刘坚经理办公室打牌至次日二时。自知又荒唐，但怎能扫大家的兴？

二月三日

校对《山窗集》书稿清样。接省作协创联部贺卡："作家您好：一九九九，兔年大有，文运亨通，创作丰收。”接《大众日报·周末》编辑部主任张丽华贺卡一帧；接北京孙桂升兄大札，建议新版《百味集》中删去一部分诗作。据报载，“人民艺术家”老舍先生诞辰一百周年之际，重庆北碚老舍故舍（天生新村六十一号，原为林语堂住宅）“多鼠斋”和位于北京灯市口丰富胡同的“老舍纪念馆”——丹柿小院将于近日对外正式开放。而作为老舍先生“第二故乡”的济南，其故居计有三处，除去年烧毁了一处外，还有两处，可惜至今连个纪念牌也未挂，济南的“名人意识”实在太淡漠了。“海右此亭古，济南名士多”，难道真多得不需要老舍先生了吗?！说起来不禁愕然愤然！

晚，王龙飞约请去鲁滨大酒店吃饭，婉拒。忙中偷隙，一天中计校稿四十多页。

二月四日

接北京书友孙桂升兄大札，建议筹划中的《淡庐丛书》改为《淡庐文集》，但我自觉还不够出文集的资格，故不惹人眼为妙。

校完杨栋散文集《山窗集》清样，此前曾经杨栋和他的一位朋友各校了一遍，但遗漏的错别字仍当以百计，我所改动的地方估计在几千处。

晚，选读《新笔记小说选》后，心中萌动，拟乘兴创作几篇笔记体“淡庐小说”。

二月五日

复北京孙桂升兄信，汇报近日读写情况。开始校对孙继泉散文集《楝子花》清样，虽然包括作者在内已校了三遍，仍有不少错别字碍眼，如第一篇内就逮住了二个：高梁（粱）、气侯（候）。下午，接周村张传义、潍坊寇峰贺卡各一帧。晚，办公室人员聚会，几经联系，还是定在了大渔岛酒楼，无拘无束，气氛热烈，微醺。

二月六日

校对《楝子花》清样。致平阴县人武部王乐洲先生信，托刻“久久文丛”、“淡庐自牧”、“致远斋”印三枚。诗友崔然琳来送《流淌的青春河》书稿清样，同时转来山大文学院吴开晋教授签名本诗集《倾听春天》一部，中国文联出版公司一九九八年版，一十一元八角。此书为王展主编的《跨世纪诗丛》之一种。下午，《齐鲁英才》第八卷正式印完。自牧、沂峰主编，姜春云题签题辞，中国文联出版公司一九九八年版，一十九元九角。晚，于大渔岛酒楼请培志、静水、金绪吃饭，祝贺拙编出版发行。

二月七日

接《秀州书局简讯》第八十九期一份，最可把玩的文字当属嘉兴百岁老人章克标的《征婚启事》。接诗人谭延桐、路也夫妇贺卡一枚，祝辞为：“让风把祝福吹到你的心里，大山可以挪开，小山可以迁移，福音永不离你。给全家拜年。”八时，与刘坚、王玲、金绪、胡珀、张孝昌一行六人驱车去狼猫山水库考察。中午，“库头”张主任于管理处小餐厅请吃饭，虽然是庄户饭食，却正合我们大家的口味。下午四时，返回大渔岛酒楼小酌并打牌，大赢。夜十一时，校稿十余页后方歇。

二月八日

接山西《青少年日记》主编刘伯生精美贺卡一枚：“深山虎啸雄风在，绿野兔奔美景来。”接长沙作家唐浩明、周韶奎贺卡、信各一件；接博山刘敏女士信，详谈为侄儿邓永涛迁移户口之过程。丁彭老来输液，画家孙文松来取书，相约后天去孙府座谈并小酌。下午，清扫淡庐寒斋并进一步点缀美化。

晚，校稿。

二月九日

致烟台市文联姜利国信并书二册；致平度市交警支队荆茂荣信并书二册；致博山刘敏信并书二册；致曲阜电视台王怀堂信并书二册。以每人一张份额分售“98抗洪中国福利彩票”，属集体赈灾募集，面值五元。

下午，惜竹斋主人梁立华送来书法作品一幅，内容是我题牧遥《幽兰图》诗，再次相约为他的百米长卷《红梅图》题诗，即应之。百米长卷，配上百家咏梅诗，此构想十分宏大，但愿惜竹斋主人早日完成这一夙愿。夕，应金绪之约去大渔岛酒楼小酌并打牌，输。晚间李耀曦兄曾至淡庐送来一册签名本《老舍在济南》，李耀曦、周长风编，济南出版社一九九八年版，舒乙、孔范今序，二十二元。这是老舍的“第二故乡”——济南献给老舍先生诞辰一百周年的一份礼物。

二月十日

忙年，忙事，更忙心。许多事情均想在春节前有个了结，更是忙上加忙。接三河市泥土巢主人浩然先生题字四件：一为崔然琳题写的书名“流淌的青春河”；二为孙继泉题写的书名“楝子花”；三为胡敦荣题写的书名“心香集”；四为自牧书写《篱边小照》诗一纸：“清河塘畔菱蒲边，自由垂钓疏篱前。麦浪起伏心潮涌，村景一角挽流年。自牧篱边小照题　浩然（章）。”接上海朱亚夫先生信并《名家谈养生保健》、《人生徜徉录》目录各一份。下午，仇瑛兄来输液；淄博诗友高文鹏、袁滨、杨玉泰一行四人来访。五时许，于大渔岛酒楼宴请文鹏一行。九时，践约去画家孙文松府上小酌并打牌，丁彭老夫妇在座。

二月十一日

接诸城日记人管炳圣先生长信，深为他在那么困难的条件下举办日记节、撰写《日记宣言》而感动，拟给予力所能及的支持。复上海朱亚夫兄信，婉言回绝《名家谈养生保健》书稿，同意《人生徜徉录》加入《久久文丛》系列出版。文友亓昌平来晤。去诗人牛明通老师府上小坐。晚，续校《楝子花》书稿清样。

二月十二日

据报载：中央文史馆馆长、作家、翻译家萧乾先生于二月十一日在北京逝世，享年九十岁。萧老的书，淡庐存有多种，尤其他们夫妇合译的《尤利西斯》，最为我珍视。

接山西杨栋兄大札、《山窗集》自序、后记、《致远堂法书》、《梨花村随笔》、自牧书札各一件。

《梨花村随笔》，杨栋著，谢大光责编并序，孙犁题签，百花文艺出版社一九九九年版，一十四元八角。这是荫园主人的第六册散文集，内含“梨花村随笔”、“梨花村读书记”、“山地小品”三辑，其内容提要云：“作者近年僻居小城，抱朴守真，读书求知，笔耕不辍。其作品无华丽之词藻，有泥土之芬芳；无时髦之俗态，有古典之诗意。”赠我的一册为毛边本第五十七号，另外托转潜庐主人的为毛边本第三十七号。

《致远堂法书》，为陶潜书《拟古杂诗》十二首拓本复印件。此真迹乃清代乾隆六年（一七四一年）沁州进士选翰林院编修、充五朝国史纂修官张孝程改任监察御史巡视江南时得之。次年他即携归家乡（沁州梅沟村），访名工以“致远堂法书”为题，刻石传后。后附名家阅后题跋多种，尤以唐代女皇武则天的“御览”题辞为重，可与陶公手迹并传不朽也。

“（圣）历二（年）十（月），凤阁舍（人）韦嗣立以晋处士陶潜手书所赋杂咏呈进，朕欣然循览，知晋代风标，朝野一致如陶潜者，世徒谓其文咏可念，不知运笔静秀、楚楚涓涓，如深谷芝兰，无人自媚，洵可玩重，永炳千秋。御览。”

陶公原手迹石刻，为汉白玉石，共计九块，现均完整保存于沁县博物馆。荫园主人割爱相赠罕见名家书品，顿使淡庐寒斋生辉也。杨兄在其扉页上题跋曰：“此陶渊明先生手书，世所罕见，曾赠唐振常、邓云乡二公，余收藏一册，文友自牧喜书法，特以之奉赠，使宝物得其所，亦红粉赠佳人意也。山西杨栋　九九·二·八　山中。”另外，杨兄在其信中又云：“陶渊明帖弟愿割爱于兄收之，盖兄为弟连编二书，无以为报，答之物，此帖珍贵，亦作纪念物可也。”

致三河市泥土巢主人浩然先生信并即兴赠诗一首：“金光大道艳阳天，傲放文坛十余年。历史烟尘聚复散，新作苍生更耀眼。”

及午，夏津文友宋云亮弟来取第八卷《齐鲁英才》样书，受赠夏津特产“珍珠棋”一箱，即一同去大渔岛酒楼小酌。下午，积萃斋主人仇瑛来输液；晤王玉芹女士；补记近日日记。晚，值班。续校《楝子花》书稿清样。八时，应培志弟之约，去大渔岛酒楼小酌。

二月十三日

接北京书友孙桂升兄大札，一是对目前出版物的“泛滥”不满；二是关于《淡庐丛书》：“我还是以为称作《淡庐文集》为好，原因有二：一是这与自谦无关，是淡庐不是自牧，无标榜之嫌；二是这名字好记，您弄那些名字一下子人家怎么记得住？但究竟叫什么，还是您自己说了算”；三是关于孙犁展室事，即另撰一篇《关于孙犁展室的通信》放入《疏篱集》中，“以引起社会的关注，特别是引起‘现代文学馆’和舒乙先生的关注，从而也间接表现了我等对孙老的拥戴和关爱”；四是对章克标“百岁征婚”大发议论：“倚老卖老，咋咋呼呼，吹吹嘘嘘……”

致昌乐文友任瑞成信并书一册。忙中求静，校对《楝子花》清样十余页。下午，去大渔岛酒楼给刘坚、王玲送足球票并晤，甚洽。晚，金绪于大酒岛酒楼设宴招待所聘用的专家，与张和平弟应邀陪之。

二月十四日

接湖北作家李先志书稿《沟通集》一部，边翻览边整理之。下午二时，约培志弟去省体育中心体育场观看“中华电力杯”足球比赛，结果山东鲁能泰山队五比四战胜了来访的韩国全北现代恐龙队。泰山队的三名新外援悉数登场亮相，大失所望。晚，选读《老舍与济南》一书。

二月十五日

再次清洁、美化淡庐寒斋。九时，为值夜班的大夫、护士订好年夜饭（两袋三鲜水饺）后，去单位值班，替换出其他同志回家忙年。至晚上五时，校对《楝子花》清样三十页。六时，与金绪、培志、刘坚、王玲相约，一同于大渔岛酒楼守岁欢度除夕之夜。阿玉、自然和在省委警卫连服役的邓鹏侄儿同赴之。九时许，放弃观看中央电视台春节联欢晚会直播，与刘、王、胡、金、禚打牌娱乐，大赢。子夜归庐时，马路上仍有不少焚纸祭祖者，出租车仍不时驰过，但空驰者居多。

二月十六日（乙卯年正月初一·春节）

电话拜年数十家，亦接到省内外友人拜年电话数十个。九时，去老作家丁彭府上拜年后，径去办公室内续编湖北李先志兄散文集《沟通集》。及午，应金绪弟之邀，与刘坚、守之一同去省府宿舍参加友人聚会，其他友人有于光远、张和平、庄超成、胡珀等。晚，选读《老舍与济南》。

二月十七日

值班。接长沙萧金鉴兄大札，云今年五月将退休。暇中校对《楝子花》书稿清样。午，守之来借书并晤，甚洽。下午，续编《沟通集》，六时半编完后，即驰信李先志兄谈内中小辑调整打算。八时，应丁彭老约去其府上吃饭并打牌。子夜，于淡庐收看电视连续剧《宰相刘罗锅》二集。

二月十八日

于办公室内赶校《山窗集》书稿清样，因改动的地方太多，漏改当占十分之一，拟正式警告录入人员，改时一定要仔细并主动复校。接嘉兴范笑我电话，悉上海学者邓云乡不久前在沪上逝世，因无“官衔”，故报道消息很冷淡，这有点类似郑逸梅老人逝世时的情况。

下午，去大渔岛酒楼看望三省室主人。接山西杨栋兄大札、文稿（《记自牧》）、题字各一件。题字为《田园乐》词，一旁配一漫画简图，曰：“采菱渡头风急，杖策林西日斜，杏花坛边渔父，桃花源里人家。自牧兄正。”

晚，收看《宰相刘罗锅》三集。

二月十九日

校讫《山窗集》书稿清样。开始校对邹城三中于鹤翔著《山水禅思》书稿清样。及午，应约与刘坚、守之、金绪等六人去西郊禚培志家吃饭并打牌。六时，原班人马又移入大渔岛酒楼喝啤酒，微醺。

二月二十日

续校《山水禅思》书稿清样。及午，去岳父家参加聚会，与毕群圣兄就预测学展开争论。下午四时，旧友吴宏来晤，甚悦。晚，致远斋主人来还书并晤，甚洽。十一时，收看《宰相刘罗锅》三集。

二月二十一日

续校《山水禅思》书稿清样。午，应王玲大姐之邀，去大渔岛酒楼吃涮羊肉。下午，宋凡、小牟前后来晤，甚洽。晚，收看《宰相刘罗锅》三集。守之来晤，甚洽。

二月二十二日

续校《山水禅思》书稿清样，到十二时，全部校完。下午，去普林达印刷厂送稿样，安排《沟通集》打印事宜。晚，应三乐斋主人刘明林处长之约，与金绪、超成、胡珀一同去其家中吃饭，刘老以陈年茅台酒招待我们。饭后观览刘老旧藏名人字画二十余件，并趁兴挥毫为之题写“三乐斋”一幅。“三乐”为：“助人为乐，知足常乐，自寻其乐。”十时归。

二月二十三日

春节假期结束，开始上班。复长沙萧金鉴兄信；复北京孙桂升兄信；致山西杨栋兄信并《记自牧》修改稿一纸；致聊城市文联主席张维芳信并《齐鲁英才》（第七卷）一册。下午，读杨栋著《梨花村随笔》。晚七时，陪岳母、妻子、女儿去趵突泉公园观赏花灯，门票每人十五元，观后大家都觉不值。趵突泉公园今年沾了国庆五十周年大庆的光，计划投资七千万元扩建改造，这对泉城市民来说，不但是福音，亦是一大善举也。八时至十二时，核对《楝子花》、《山水禅思》改样，仍有漏改误改之处，心沉不悦。

二月二十四日

由近日《健康报》上得赏养生对联五副，兹顺手移入日记内以自省自勉，分别为：

无求便是安心法，
不饱真成却病方。（两广总督 张之洞）

养心莫善寡欲，
至乐无如读书。（民族英雄 郑成功）

万事莫如为善乐，
百花争比读书香。（清乾隆进士 顾光旭）

贪嗔痴，即君子三戒，
定戒慧，通圣经五言。（清代名士 张仲甫）

青菜萝卜糙米饭，
瓦壶天水菊花茶。（郑板桥 厨房联）

致淄博周雁羽短札一件并荐杨栋稿一题；致山西杨栋信并《山窗集》清样二份；致邹城孙继泉信并《楝子花》、《山水禅思》清样各二份。读《梨花村随笔》一书。晚，值班，校对崔然琳《流淌的青春河》书稿清样。

二月二十五日

早六时，起床制定一九九九年写作计划：晨耕晚读，日校夜抄。上午，李耀曦兄来晤，谈及《老舍与济南》选编详情。下午，接孙继泉寄赠二月二日《邹城市报》一份，其“星星草”栏下刊出拙作《淡庐诗稿》三题：《偶得》、《偶感》、《偶拾》。校对《流淌的青春河》书稿清样，病句多，改动就多，速度便慢。青年评论家王光东弟来晤，赠他《黄昏风景线》一册。四时，见单位对门山东教育书店打出“一律八折”

出售布幅，遂入之一观，购书二种：

《中国古今建筑鉴赏辞典》，孙大章主编并撰写《前言》，河北教育出版社一九九五年版，印数一千五百册，三十七元九角。此类工具书淡庐当重点增购存览。

《萧乾书信集》，傅光明编并序，河南教育出版社一九九一年版，七元八角。内收萧老书札四百余件。编者在序中云："有一次我对萧老说：'您有个非常不好的习惯，写信从来不注明年代。'萧老说：'写信的时候，决想不到有朝一日信也能编集出版。'"

回到办公室后即翻览《萧乾书信集》，忽然想到萧老的遗体日前刚刚在北京火化，购存这部书，就算是对萧老去世的一点小小纪念吧。

晚，与刘明林、金绪、培志、守之一同去大渔岛酒楼吃涮羊肉。

二月二十六日

致江苏作家忆明珠先生信并朱亚夫著《黄昏风景线》一册，意在为于鹤翔、李先志代求书名也。接上海著名学者、上海图书馆副馆长陈燮君精美贺卡一枚，贺词为："自牧先生：祝新春愉快，万事如意，阖家幸福，事业辉煌！谢谢赠送大作。来上海时请告知，好好聚聚。三月份将调任上海博物馆，请联系。陈燮君敬贺，一九九九年春节。"

续校《流淌的青春河》书稿清样。诗友韩琉来谈他这二三年来的情况，劝他早早安定下来，写点儿诗。午，于大渔岛酒楼请韩琉小酌，特约潜庐主人徐明祥作陪。下午三时，小史来晤，规劝她放弃推销员工作，教书之余，以读写为辅，早日出版自己的散文随笔集。

晚，医院办公室工作人员九人于北郊百姓之家聚会，吃、喝、唱、跳均十分开心。十一时归。

二月二十七日

致北京段华兄信，开列《久久文丛》入选作者及书名名单。接《秀州书局简讯》（第九十期）四纸，书票二枚，均为吴藕汀宋人词意小品画。下午一时，借用山东青年报社轿车送在省委警卫连服役的邓鹏侄回故里探家。夕，电约文友李国经、袁滨来晤并一同共进晚餐。七时许，离家返济，一小时又十分钟后，安返淡庐。

二月二十八日

接上海朱亚夫兄大札，仍为新著《人生徜徉录》出版事；接黄骅市时建林信，云曾驰信张炜、赵德发邮购小说集，皆不果。名家忙"大事"，难免慢待之。接临沂文友张怀杰大札并24K镀金、喷银精美兔年贺卡一枚。

校对《流淌的青春河》书稿清样。下午三时，去李岩处复印材料三十份。五时，去乐山邮局邮发《齐鲁英才》征稿函四十五份。晚，选读《汪曾祺文集》小说、散文卷。近闻某出版社推出了一套《当代才子丛书》，入选者有汪曾祺、冯骥才、贾平凹、忆明珠。汪老能写能饮能书能画能歌能咏，当之无愧也。

多才多艺多情多趣者，是为才子。

一九九九年日记·卷三

三月一日（己卯年正月十四 · 星期一）

接北京书友孙桂升兄大札，即复信说明选用“淡庐文存”的用意：以此为总题，分卷命名，既表明谦谦心迹，又可作为续集递随之附柢。

惊悉文坛世纪老人冰心先生于昨晚二十一时因病在北京与世长辞，不胜悲痛。以九十九岁高龄仙逝的冰心老人素以纯真、犀利、坚定、勇敢和正直深受国内外广大读者的爱戴，堪称一代文学大师。作为她的“小读者”之一，我沿用旧例，谨以一首小诗哀悼之：

你把纯真寄给了小读者，
你把正直寄给了大读者，
你用慈爱点燃起小桔灯，
你用生命照亮人们去远行……

校对《流淌的青春河》书稿清样。晚，应培志弟之约去大渔岛酒楼小酌并打牌娱乐。

三月二日

惜竹斋主人梁立华兄与然琳女士造访淡庐并品赏我所珍藏的书画精品。及午，应梁兄之邀去北郊“火锅居”小聚，诗友然琳、杨共玉、杨洁在座。谈到校对时，大发了一番“宏论”。接四川龚明德兄大札，对其谦逊认真的交友态度表示欣赏。晚，值班。浏览《中国古今建筑鉴赏辞典》内的图片部分。八时，应金绪弟之约去大渔岛酒楼参加元宵节雅集。

三月三日

校对《流淌的青春河》书稿清样，速度甚慢。文友李耀曦兄来商谈出版报告文学集事，应允帮助协调。下午，参加医院例行周会。晚，于大渔岛酒楼请李岩全家吃饭，特约金绪、胡珀作陪。

三月四日

致湖北李先志兄信并《沟通集》书稿清样、原稿一袋。午，约梁济生、李峰于大渔岛酒楼吃饭并协调相关问题。梁君相赠友谊版新书五种：《名人日记》，李秀忠、王风芹主编并序，山东友谊出版社一九九七年版，二十九元。《名人书信》，艾红红、王书曼、宫玉静主编，山东友谊出版社一九九八年版，二十六元。《中国二十四节气诗词鉴赏》，王景科主编，张绍骞序，山东友谊出版社一九九八年版，二十八元五角。《混沌大世界》，余长根著，山东友谊出版社一九九八年版，二十四元七角。《财富属于谁》，王红旗著并自序，山东友谊出版社一九九八年版，十元。

下午，去普林达印刷厂、大正印务公司送稿。六时，应培志弟约，与刘坚、金绪、胡珀去纬一路路口吃烤羊肉串，风味独特。

三月五日

复成都龚明德兄信，汇报拙著编印计划。九时，平阴县书画家、黑白居主人张昉先生来晤，得赠大幅《牡丹图》一件。古人有“三绝诗书画”之谓，但张昉先生却有诗书画印“四能”。为答谢多次馈赠书画作品之谊，特意从书库里找出六七册旧作和名家画页送他。张临走时说：“从你这儿拿走的东西太多了，不好意思。”其实，我是为我收藏的一些东西找到了适合拥有的人呢。

十时许，新识文友马瑞霞来送长篇小说《缘》手稿；潍坊文友宋永利兄来拉书。午，于大渔岛酒楼宴请马、宋二位，特约培志弟陪之。下午，滨州诗人雪松来晤，谈书论文之后，敬请为“淡庐友人留墨”题签并题字：“风雨三更帘，诗文寄平生。吾友自牧正，乙卯春雪松。”

夕，《大众日报》周末版编辑施斌杰、刘志军、崔斫路、刘琛相约一同去纬一路口吃烤羊肉串，因雪松与友人有约，故挽留一同参加由我安排在大渔岛酒楼的聚会。六时许，山师大副教授张清华、山东艺术学院画家孙磊应邀出席聚会，大家以文会友，甚为开心。十时，雪松、施斌杰相随回到淡庐，欣赏我收藏的精品字画，尤对王学仲教授的一幅《疏篱菊花图》备加赞赏。午夜，施离去，留雪松宿于淡庐。

三月六日

八时，与雪松徜徉于赤霞岭下，先喝羊肉汤，后去文化市场淘书，收获颇丰，我淘得三种五册：

《柳亚子文集·磨剑室文录》（上、下），廖承志题签，上海人民出版社一九九三年版，原价六十七元五角，以一十五元购下。

《竺可桢日记》，茅以升序一，黄秉维序二，人民出版社一九八四年版，Ⅰ卷原价三元三角，Ⅱ卷原价三元四角五分，以十元购下。竺可桢，字藕舫，生前曾担任浙江大学校长十三年，担任中国科学院副院长多年。这部日记被称为是“中国第一部科学家日记”。

《李锐日记》（出访卷），李锐著并自序，作家出版社一九九八年版，二十六元八角，九折购下。李曾为毛泽东当过多年秘书，历来敢做敢当，“因此，李锐做到了原汁原味地公布自己的日记”。

午，于锦华美食城请滨州诗人雪松吃饭，阿玉、自然同赴之。下午二时，又应金绪弟之邀与雪松一同去汉宫姜母鸭酒店小聚，烟台友人崔跃、刘东方在座。出门下楼时，适诗友宋凡来访并送书一册（《笔墨氤氲——书法的文化视野》，胡传海著，复旦大学出版社一九九八年版，一十六元，为《缪斯书系》之一种），即相约同赴之。晚，陪金绪、胡珀一同去大渔岛酒楼小酌并打牌娱乐。

三月七日

旧友李启江兄来承揽印刷活儿，因属于“一机一户”之厂，婉拒。接山西沁源杨栋兄信、《山窗集》终审稿清样、补稿（《记丁聪》、《记邓云乡》、《记王学仲》、《记沈琨》等六篇）。校对《流淌的青春河》书稿清样，因必须改的地方太多，渐渐没有了热情和兴趣，每次只能硬着头皮校对三五页。下午，守之兄来还书并晤，甚洽。暇时收看电视节目以自娱。

三月八日

接胶州邱耀才先生信并文稿二题。武鹰老来晤，关于合作编书事宜，只抱任其自然之态度。午，应培志之邀，往大渔岛酒楼小酌，其他三位客人均为印刷厂的友人。晚，值班。吴宏来晤，甚悦。浏览《中华儿女》（第一〇八期）。九时，去丁彭老府上送审《楝子花》序文小样。

三月九日

接湖北孝感文友李先志信及孝感特产——麻糖八盒；接天津王学仲教授赠书一册：

《休闲漫笔》，张虎著，王学仲序，中国文联出版公司一九九四年版，二十三元。王老在书内夹有一张一指宽的纸条，上写："寄的书全收到，谢谢，黾翁。"另在扉页上题字："自牧乡友惠藏，己卯新正黾翁赠呈。"张虎先生为中国艺术报社社长兼总编，亦是国内著名的书法家。

下午三时，历城区委宣传部副部长郭永顺来晤并赠书二种：

《故园集》，郭永顺著，浩然题签，有令峻序，远方出版社一九九九年版，一十二元。为《山茶花散文丛书》之一种。

《清河村志》，樊长征、陈世荣、朱希禄主编，刘华清、田纪云、李铁映、邹家华、姜春云、陈慕华、赵志浩分别题词，姜春云序一，李春亭序二，李春圃、侯金田序三，山东人民出版社一九九七年出版，九十八元八角八分。一部村志，分门别类近千页，比有的县志还要"厚重"，这是财力使然，自大使然也。书之定价，也明显带着人为色彩，"九八八八"，久发发发，可笑至极。

晚，代培志做东于大渔岛酒楼请杨清禄、金绪、王龙飞等六人吃饭并打牌娱乐。

三月十日

接天津王学仲教授赠书一种：

《缘分的天空》，温冰然著，王学仲题签并设计封面，国际文化出版公司一九九八年出版，二十元。这部长篇小说的作者现任香港《国际经济导报》记者。

校对《山窗集》补稿清样，安排插入“杨栋读书漫画选”十六幅。晚，选读杨栋著《梨花村随笔》。

三月十一日

接胶州文友刘秀娥信并散文稿四题，即分荐《济南时报》和《山东青年报》。致胶州邱耀才先生信并拙著一册。晚，浏览《故园集》，质朴自然，但稍欠文采。

三月十二日

致北京康健信并转赠《故园集》一册。平阴文友宋俊忠来晤并赠书五册：

《玫瑰诗情》（散文卷），宋俊忠著，贺立华序，山东文艺出版社一九九六年出版，二十五元。

《玫瑰诗情》（诗歌卷），吴开晋序，山东文艺出版社一九九六年出版，二十五元。

《南北集》，杨新培著，高凤胜序，山东文艺出版社一九九七年出版，七元二角。

《平阴文史资料》第三辑、第五辑。

宋的《玫瑰诗情》，无论是散文卷和诗歌卷，都是新中国成立后平阴县出版的第一部专集，这种有着“填补”方面的意义似乎比著作本身更具有说服力。作为答谢，回赠拙作拙编各二种。下午，插空初编第九卷《齐鲁英才》文稿三题。晚，整理抄录友人电话号码。选读《梨花村随笔》一书。

三月十三日

接临沂张怀杰弟信并《沂蒙生活报》（一九九八年十二月一日）一份。为山西作家杨栋新著《山窗集》撰写跋语，费时一百分钟，成稿六百字。午，应王玲大姐邀约，同培志、金绪一道往大渔岛酒楼小酌，甚洽。

下午三时，与守之随金绪回省府机关医院做右肾结石粉碎术，因系用体外冲击波重复击破，故毫无疼痛感觉。晚六时，于四川大酒店火锅城请林孔文主任、金绪、守之吃四川自助鸳鸯火锅。九时半，返回淡庐。

三月十四日

值班（早八时至晚九时）。校对《流淌的青春河》书稿清样。接上海朱亚夫信；接北京孙桂升信，相嘱并提醒《淡庐文存》封面设计一定要淡雅朴素，即复之。读《记黄裳先生》（倪墨炎）一文。

晚八时半，应刘坚经理之约，往大渔岛酒楼小酌。

三月十五日

续写《山窗集》跋语。接成都龚明德兄信，即复；接襄樊日报社杨维汉信，即复并寄赠拙著《抱香集》一册；接张店于晓明信。下午，往市邮局取汇款，往工艺雕刻厂门市部取印章，往济南日报社为文友荐稿四题，往普林达印刷厂送稿。晚，应杨清禄兄之约，带燕山、刘双、张翊去山东医药大厦酒店吃饭，吴文茹和省人事局的两位处长在座。十时，与燕山驾车往大渔岛酒楼打牌至次日三时半，荒唐之举也。

三月十六日

致张店于晓明信，劝其少买套书、全集和精装书，多买综合选集和货真价廉的“小书”。午，再次浏览《你没有见过的历史照片》。

下午，接南京忆明珠先生大札并“山水禅思”、“沟通集”题签各两帧。大札内容为：

自牧先生：

惠函并杨文皆收读，谢谢！

遵嘱书书名二纸，即奉上，我因手患麻木，执笔使转不便，写得不好，请谅。书成后各寄一本即可。

春安！

忆明珠

一九九九年三月十一日

晚，于大渔岛酒楼做东请山东画报出版社编辑蔡立国、贾新国吃饭，特约潜庐主人徐明祥作陪。蔡设计的图书封面为山东画报出版社赢得了较高声誉，如《老照片》、《书衣文录》、《芸斋书简》，都受到了好评。筹划中的《淡庐文存》、《久久文丛》的装帧设计，拟委托立国兄操作，以“古朴淡雅”四字要求之。十一时，冒雨去丁彭老府上小坐。

三月十七日

接湖北李先志信，即复；接莘县俎店乡白韶钟信，即复并赠拙编一册。致山西杨栋信并《山窗集》跋语各一件。下午，往守之办公室聚晤，甚洽。六时，应金绪弟之约，与燕山往刘坚办公室打牌。十时，选读《冰心选集》散文卷。窗外细雨霏霏，据报载为人工增雨所为。万物由此得到滋润，人心也得到了纯洁。

三月十八日

老作家邱勋老师来晤，谈人谈文谈美国，也谈到了鲁迅与郁达夫，邱老认为：中国文坛上真正能够近于“实话实说”、能够袒露自己心迹又不加掩遮的只有一个郁达夫。及午，邹城孙继泉弟来送《楝子花》、《山水禅思》三校样稿，受赠马茂洋著《文化语境与审美感悟》一册，华龄出版社一九九四年出版，一十一元八角。是书为王香玲主编的《铁狮子文库》之一种。

下午，去印刷厂安排《杨栋读书漫画选》制版。接上海图书馆“赠书收件卡”一枚。晚，往大渔岛酒楼小酌。

三月十九日

二月二，龙抬头，循旧俗，去剪头，其用意，保舅舅。致山西杨栋信并三月十三日《邹城市报》一份（文学版刊有《记自牧》一文）。及午，冒料峭春寒与王曙光、培志往东郊开尔大酒店陪省委党校印刷厂厂长袁春振先生吃饭，菜肴精致华美。

下午二时，带省直工委的奥迪车去博山。五时半，抵博山大街派出所刘敏处，区公安分局政工科袁科长和石文鲁主任已等候多时，即商谈文稿和办培训班事宜。六时许，袁科长于颜山宾馆请吃饭，出席者有区委组织部的张洪兴、乔华和刘敏、石文鲁、胡敦荣等九人，气氛颇为热烈。十时，与刘敏漫谈同学旧事、国事二时，颇为融洽，其观点亦颇为相近相通。

三月二十日

八时，在刘敏女士的陪同下往赵执信读书处——“因园”游览，因日前曾降小雨，园内一派苍郁清新。九时，去颜文姜祠游览后，慕名去博山美术琉璃厂拜访博山名士张茂荣先生，几经周折，在一位热心的书画装裱店老板的导引下，终于踏入了“三石书屋”，谈石谈文，说友说书，相见恨晚。临走时，茂荣先生相赠《淄博石刻》一册，作为酬谢，回赠拙作二种，拙编一种。午，张部长于区委内部食堂请吃饭，特邀张茂荣先生一同赴之，茂荣先生即席挥毫书赠墨宝一件：

自树风神　牧得情趣

自牧先生乃吾同乡，今日一叙酒酣墨畅

乙卯年茂荣

茂荣先生以篆刻名世，现兼任淄博市书协副主席，与全国许多名流交往甚笃，如钱君匋、沈鹏、臧克家、冯其庸、端木蕻良、郭化若、陈从周等大家，三石书屋内均收存有他们的简札墨宝。

下午三时，离开博山去淄川顺访三乐斋主人李通昌，在其办公室内挥笔写下了许多幅“醉书”。晚七时，回到济南，即去大渔岛酒楼与培志、刘坚、金绪小酌并打牌娱乐。

三月二十一日

天冷。晨七时半出门时，雪粒纷飞，目不能睁，但顷刻间即过去了。接潍坊文友寇峰寄“第十六届潍坊国际风筝会”项目说明一纸。潍坊市下辖十二个县市区，八百多万人口，自一九八四年开始举办的“潍坊国际风筝会”，与“青岛啤酒节”、“大连服装节”一起，被海内外公推为中国三大特色旅游项目。

寇兄相邀四月二十日赴潍参加今年的风筝会，如有可能，将力争前往，以不负友人的一片诚心实意也。

九时，去普林达印刷厂取样稿，最后一遍验看《山窗集》清样，仅查出目录上一页码误植。中午，青州闵氏兄弟电话联系见面，婉拒之。对这种虚伪不实之徒，最好的应付办法是“远避”。下午三时，三省室主人来晤并借书，甚洽。四时许，去大渔岛酒楼刘坚经理办公室收看’98甲A足球联赛揭幕战，结果青岛颐中海牛队主场一比二输给了山东鲁能泰山队，从而也结束了泰山队遇青不胜的历史（六战三平三输）。

三月二十二日

晨起，为《山窗集》题写小辑名三帧：“山窗琐话”、“山窗小品”，“山窗书话”。下午，续校《流淌的青春河》书稿清样。陈威光兄来晤，托他篆刻“淡庐文存”印章一枚。夕，应培志约往大酒岛酒楼陪山东卫生报刊社戴良科社长吃饭，等到七时，戴因急事受阻，未能一聚，甚憾。

三月二十三日

省作协邱勋老师来晤；新林内弟送来“山东省国家安全厅成立十五周年纪念封（1999.2.15）”一枚，左侧金色套印江泽民主席题辞：“维护国家安全是全党全国人民的共同任务。”

接北京书友孙桂升信，即复。校对《流淌的青春河》书稿清样。下午三时，李耀曦兄来托转孙桂升、杨栋、徐明祥、施斌杰《老舍与济南》各一部。及暮，潍坊文友寇峰与大禹企划中心总经理刘建忠一行四人来晤，赠送拙编各一册并于大渔岛酒楼宴请之，特约培志、金绪、刘坚、守之作陪。

三月二十四日

晨六时半，与刘坚、培志去贵都大酒店吃早茶。九时，邱勋老师来院换药并相赠著作三种：

《邱勋作品选》，中国少年儿童出版社一九九三年出版，陈全胜插图，七元三角；《微山湖上》，邱勋著，陈伯吹总序，花山文艺出版社一九九八年出版，八元，为《中国儿童文学名家精品文库》之一种；《闲说蝈蝈》，邱勋著，湖北少年儿童出版社一九九六年出版，七元七角，为《太阳岛散文丛书》之一种。

下午和晚上，耐着性子续校《流淌的青春河》清样二十页，改动颇大，并且自作主张删去了几篇属于凑数的文章。

三月二十五日

天阴沉沉的，不愿出去办事，仍耐着性子校稿。接山西作家杨栋兄大札、小传、照片、著作目录、漫画像各一件并《春日感怀诗》一首：“自古心安即是家，歌舞诗画作生涯。书香山居添春色，昨夜清梦到梨花。”至此，杨栋兄的《山窗集》所有资料均已完备了。

接《秀州书局简讯》（第九十一期）一份，因第一次付邮时地址有误被退了回去，范兄就又套上一个信封寄来了，故延迟了近十天。其中一条信息摘自我的一封书札，即：“自牧先生三月三日从山东济南寄来他自制书票两枚，他在来信中说：‘我一九九九年计划以《淡庐文存》为总题，以四卷阵容出版《百味集》、《淡墨集》、《抱香集》、《疏篱集》，算作二十世纪前的一次小结吧。计划印三千套，交（山东）省书店发行，届时会寄你几套赠人的。我送书是从来就大方的，去年一年编书二十多册，每种自留样书一百册，大部分都赠友人了，因为我这儿来人颇多，都想要成套的，故一人有时会一下子取走十几册……’”

接安丘市图书馆李贵森先生信。校对烟台黄洽著《鬼神世界的魅力》书稿清样。

三月二十六日

致沾化王选民信并拙编一册；致安丘李贵森信并拙编一册。接山西杨栋兄信并三月十日《山西日报》一份，其《朝花夕拾》副刊刊出杨栋文章《精致的生活》（即《记自牧》）一篇。

画家陈全胜兄来晤，云近日正在为设计《聊斋志异》邮票做前期准备。诗友潘勇来晤，云五十岁以前多读书，五十岁以后再写诗，对此奇怪想法表示不解。晚，选读《淄博石刻》。

三月二十七日

值班。从早八时到晚八时校对《流淌的青春河》三十余页。八时半，培志来邀去威海烧烤店吃烤羊肉串，即约守之同赴之，甚为合口。

三月二十八日

晨八时，于赤霞岭下广场购中国福利彩票一百四十张，每张两元，得九等奖一份：两元。致诸城刘小勇、莱芜鹿兴河、文登唐德馨信并拙编各一册。及午，约刘坚、培志一同去省府机关医院查体，一切顺利。十二时许，金绪于穆林居请吃涮羊肉。下午二时半，于金绪宿舍收看甲A足球联赛实况直播，结果鲁能泰山队在先入两球的优势下被松日队赶上并超出一球，续写了“遇松不赢”的历史。

三月二十九日

接山西杨栋信并三月十八日《太原晚报》一份，其《天龙副刊》刊出杨栋文《记自牧》一篇，即复信同意杨的一红颜知己加盟《久久文丛》。接北京孙桂升兄大札并第九十期《秀州书局简讯》一份，即复信并转去李耀曦编《老舍与济南》一册。邱勋老师来晤，一谈球，二谈北约空袭科索沃。

晚，应戴良科兄之约，与施斌杰、燕山去金宝座大酒店吃饭，新识斌杰老乡六人，其中还有一位医学博士。九时半，去培志家打牌。

三月三十日

接上海朱亚夫兄大札并《人生畅想曲》书稿一部、六逸如漫画朱亚夫像一帧、任政题签一帧；接包头冯传友兄大札并赠书一册：

《心河》，丁茂著，远方出版社一九九八出版，二十四元五角。丁为《草原》杂志主编，所作小说多次被选载。

致天津王学仲教授信并杨栋文《记王学仲》一篇，《秀州书局简讯》（第九十一期）一份。

下午，去印刷厂送书稿并安排印制“淡庐珍藏”书票二枚。晚，应刘坚经理之约去大渔岛酒楼小酌。

三月三十一日

接天津王学仲教授刊于《天津日报》上的文章《敬奠凌子风》一纸，王老在文边附言：“寄上近发拙文，借致慰问！王学仲。”从文中知悉，凌子风留给人们的最后一句遗言是：“我爱这个美丽的世界。”另外，曾导演过电影《中华儿女》、《红旗谱》、《骆驼祥子》、《边城》等影片的“拼命三郎”“凌疯子”还有一句名言，即：“爱情要与事业合流。”

接山西杨栋兄大札并“文化漫画”二帧，淡庐书简一件，《山窗集》跋语修改稿一件。读《淄博刻石》，校对《流淌的青春河》书稿清样。下午，参加医院例行周会。

晚，去丁彭老府上转呈邱勋先生赠书三种，日升广告公司经理郭健夫妇在座，相邀打牌，婉拒。九时归庐，即寝。

慎思守志。自我节制一些不良嗜好，以免痴迷深入。

附录一

好人自牧

◎赵鹤翔

一个平凡的与人为善的业余作者

上个千年的七十年代末，我由下边调入省委办公厅工作。张炜大学毕业分来省委档案局工作。自牧（邓基平）则于一九七五年底顶替其父来省委机关门诊部工作。三人同在一个大机关工作，却互不相识，但我们都爱文学，在不同的床上做着同一个梦：就是那个多少代人也没有说清楚的，魅力和魔力诱惑人和折磨人的，无穷无尽又无休无止的，令人如饥似渴追求着、梦寐着的文学。

张炜小学的时候就爱上了文学，上中学的时候就动笔写文章了，散文、小说、剧本，什么都弄，还登上芦青河边的土台子拉京胡给革命样板戏伴奏。在那个年代，他写的文学作品是没有地方发表的，他不管发表不发表，只是一任生命外化和释放，写着写着，就填满了两大纸箱子。那还是在几年之后，我

赵鹤翔，笔名丁彭，著名文学评论家。曾任济南市文联创作室主任，一级作家，出版有《赵鹤翔论文选》等。

曾阅读过一点他请我阅读的他自己所谓的废稿；我也曾有机缘到过张炜的老家——第二个老家——龙口（黄县）临海的芦青河畔。张老太曾往一张临窗的单人床底下一指：那两箱稿子就是张炜在参加工作之前写的。说着，老人家就要躬身去打开纸箱子。我良言劝阻，老人家还是打开了一个，我清楚地看到，那纸箱子上面的印刷体字是“青岛卷烟厂”五个大红字。我暗想：自己年届“天命”了，从来没听说过和见过一个人对文学的爱竟然爱到这个份儿上的，他能与文学结成如此这般的生死之交，文学就是他的命。张炜之于文学，文学之于张炜，爱和被爱，是生命的血型构成和融合。用现在最时髦亦最俗气的字眼儿来说，再学着《巴黎圣母院》阿西摩多的腔调来说，就是：“美，美，美！酷，酷，酷！”

自牧的父亲在省委机关工作了近二十年，因病于上世纪七十年代中期退休。自牧高中毕业后半年，便顺理成章地来到省委机关机关门诊部顶替了父亲，从此与甘草、杜仲、丹参们结下了同甘共苦之缘。

自牧本来也是爱文学的，他高中毕业时，曾和文艺宣传班的同学们一起，带着自编自演的各式小节目，走村串乡，进行毕业汇报演出。从那时起，他就编快板词，写歌词……但他是孝子，很听父亲的话，强扭了本初生发的那颗对文学的爱心的嫩绿之芽。他对文学的爱，只守住和保留了记日记那片“自留地”。

有一年，省委办公厅机关团委组织团员青年去爬泰山。我因过了“青年”的年龄段，不够“资格”，未能一起同行。不相识更不相知的张炜和自牧，在去泰安的夜行火车上，在登泰山气喘吁吁的盘山路的台阶上，他们相识了，谈人生，谈理想，谈志趣，谈爱好……他们相知了。可以说是文学的蜜，把他俩“粘”在了一起。

看过泰山日出归来，自牧本来就有的对文学的爱火，被张炜火热的语言点燃了，火苗子又开始闪闪发亮了。

他先是从读书打根基的。就本人目力所及，在省城济南文友中，自牧堪称藏书较多者之一。他的藏书，有不少是属于珍本或冷僻之本。对于记日记，他视为如同布帛黍粟一样重要，于生命不可离开须臾。购书、读书、记日记，既是他文学起步的“三部曲”，亦是他在文学之路上持之以恒的“主旋律”。

我由于不太喜欢严肃的党委文字工作，主动要求离开省委办公厅，要求最好能让我去干我最喜欢干的文学工作，所以不久就到了《泉城》(现《当代小说》)编辑部。之后，在阅读张炜的小说稿过程中，才与他相见恨晚。一天，张炜到我家说，走，去会一会咱省委的一个文学青年，他叫邓基平，在门诊部工作，住三宿舍西院，他是个老实巴交的诚实人，坚持记日记已有多年，爱读书，写点散文什么的。说话之间就到了自牧家。一间十四五平方米的平房，长方形，白天开着电灯，硬板床上躺着襁褓中的女儿——今天正在读大学中文系的女儿邓暄（笔名自然）。

自牧不善辞令，与巧言令色、夸夸其谈绝缘，一看就是个诚朴、忠厚之人，他身上积淀并散逸出山东人特有的人文气息，第一次谋面，就给我留下了很深的印象。我由衷地感觉到是可以跟他成为好朋友的。多年以后，拜读了张炜的大作《文友自牧》，更加印证了我们初识留下的美好印象。时隔二十多年了，我也相继结识了淄博的一批文友，他们在不同的时间和地点，谈起自牧来，都是赞不绝口，他们都为本乡本土走出来一个“好人自牧”而喜悦而荣幸，自牧也没有辜负良朋们的厚爱和期望。

张炜、自牧同庚，都是属猴的，我长他们二十三岁，我们仨（当然还有不少比我年轻的）结成忘年莫逆。我同他们在一起，身上平添青春活力，思想境界得以拓展，知识话语得以更新。

一个美好的勤劳的“务实主义者”

自牧的人生正值“正午时分”。当今，正是他“夏收、夏种、夏缴”的“三夏”大忙季节。其中的“夏缴”不是指农民的缴公粮，而是指他为女儿缴学费，给仍生活在孝妇河畔的老母亲缴赡养费。自牧上对老人，中对兄嫂姊妹，下对女儿，皆尽己所能，是好兄弟，好父亲，好儿子。在邓氏家族兄弟们当中，在经济生活上他称不上富有，但在思想文化上，知书达理上，他却是个比较“富有”的人。

这里，不能不说到他的气质。

文人有文人的气质，武人有武人的气质，三教九流各人都有各人的气质。

气质——这东西佯装不成，邯郸学步不成。从根本上说，许多是与生俱来的。虽然后天的学养、修德、性格、心理素质肯定有所滋补，有所嬗变，有人升华了，有人卑污了，但它们必然要自然地外化出来，袒露出来，任谁都不能把它藏匿起来。

放眼自牧：浓密的头发，长方圆脸，双目有神；衣着很一般，谈吐也很一般，甚或有时吐字不清，显得木讷；在人群中，他从不是那种发惊人之言语惊四座的人。如果说初期接触他给我的直觉是这样，那当他在山东大学作家班毕业之后，写作取得相当的成绩之后，编辑了相当数量的作品集之后，获得文学创作高级职称之后，他的基本气质却没有因自身的增值而向“高贵”上扬，还是一如既往。细微观察，他的这种气质的底蕴则更加浑厚和雅致了。由此，我想到了“有容乃大”这句成语。他与那种浅尝辄止、志得意满、不知天之高地之厚的人走的不是一条路。

尊师，敬重文化老人。在我与他的交往中，这是他给我的又一深刻印象。他在山东大学上作家班的时候，凡是给他们讲过课的，直到今天，他都一直尊而敬之，口称老师，人前人后一个样。他曾驰信与京华钱锺书、杨绛、汪曾祺；津门孙犁、王学仲；沪上郑逸梅、峻青、陈左高等大家拜师求教，悉心聆听教诲，留心观察他们的行为方式，特别是对晚辈的平易近人的大家风范。他从宏观上深刻认识到他们之被尊为大师大家，普遍受社会人士所景仰之“所以然”。近几年，因家居与自牧距离远了，见他次数少了，但每见到他，都能从他口中听到某某老人的劭德懿行；某某老人的治学精神；某某老人在文学、艺术、文化方面的杰出成就；某某老人如何受到投师者的敬拜、倾慕。同时自牧还会把他由于心诚获得的题词、书札搬出来，请你分享他的兴致、兴奋和难以言表的愉悦。

珍惜友谊，忠于朋友之托，是他又一人生信条和个性特点。他给我的感觉是，他把友情看成是一个人生活在世界上必不可少、不可或缺的无形精神财富，而且是不可以用庸俗社会学的“单价”去衡量和与之比拟的。据我所知，他对故乡人自不必说，对山东老乡也不必说。在祖国大地上，山南海北，几乎到处都有他的朋友，好朋友，甚至是莫逆之交。他之交友，以与人方便，有求必应，竭诚尽力，施恩不图报，受恩必要报为信念，铭心履行。自牧在一定的程度上和一定范围内，为山东人——山东文化界增添了诚朴、仁厚、执著的色彩。

一个着眼于并热衷于“大文化”建设的行者

这大概是自牧的气质和个性、才情、意境、语境的不逮——作为小说家的不逮所派生的吧。干文学这一特殊的行当，写小说，我从来不称赞他有多少创造意境、制造语境的才华，他不善于——“肚里编”。的的确确，他吃了“老实人”的亏！他几乎没有多少文学想象力和意象创造力，以及营造意境和语境的才能。对此，他是有可贵的“自知之明”的。他这个人，从来不强人所难，也不强己所难。能在广大的人群中给自己定位——正确寻找并扮演好一个角色，谈何容易！

他越读书越冷静，深知做小说家不易，做真正的文化人亦不易。故而，他有了“自牧”的笔名。我则说他是“自由主义者”，“自己放牧自己的人”，“自己管理自己的人”，“自己制约自己的人”，也就是所谓的“谦抑自牧”。后来才知道，中国古代的“君子”们皆然也。他的书斋之名定为“淡庐”，取“淡泊明志”、“大味必淡”之意，做到与世无争，与人无争；做到世上为人，为人一世，淡入淡出，顺其自然。我“倚老卖老”的坏脾气对他时有发生，我有时也常来个“心理换位”——我要被这老头子这么不三不四地夹杂着花椒粉和胡椒面的话数落，能承受得了吗？不能。我内衷是佩服自牧的“春风大雅能容物”的——虽然我并不太赞成他的“秋水文章不染尘”。

记日记，他多少年来，一天不落，落下一定补上，已记下三四百万言的日记，变成铅字的也有五六万字了。

他的日记内容大体上可分为：国际国内省内政治文化大事；读书札记；生活阅历；人际交往，其中包括友人书札和友人交往等等。他的日记，以诚实、善良、真美为宗，短小为本，朴实无华。大事，他只记大时代背景；读书，记下著名作家的睿言隽语，一见之得；生活阅历，记下自己重要一点的人生步履，生活画面，景致色彩，以及它们所给予的一定的人生感悟和启迪：人际交往（友札来往）多记友情厚重，朋友的精神给予等等，因此他的心灵得到了清流朗风般的洗涤梳理，受到了霞光普照的暄暖和涂染，精神意志受到石上水下的磨砺。在怎样做人上，特别是在做一个文化人上，他自觉地当成自己写日记的主旋大律。“吾日三省吾身”，他虽然没有，也不必达到曾子般的虔诚，但在我所认识的青年作家中，如此这般地自我惕励，他是勤勉者之一。就这样，在今天不少人于做人的大主题上“跑了调”的特定阶段，他的手，扶住了不锈钢管做成的，向生命制高点攀登的阶梯。

我曾幼稚地问过自牧：你又不是知名度很高的人，你的日记能有多少“可读性”？他并不介意我这不知“大明池水浅”的话，他请我读了关于日记的一批文章后，我方才知道：日记——本是文学的一个支脉。鲁迅的《狂人日记》不是文学？不是大文学？问题是能不能把它看成是文学。由此我和不少搞文学评论的同好对自牧与日记达成了这样一个共识：在山东，对日记文学的认识度、虔诚度、执著度、实践度、成熟度，他是最为突出的一个。就凭他持之几十年如一日的坚韧不懈，许多人是无法与他比肩的。

自牧不仅仅喜爱日记文学，坚持记日记；他纵观中外古今，特别是中国“五四”以来的文学史，认为许多文学大家差不多都与日记有缘。于是，他就现身说法，提倡日记文学，并力主联系国内同好，与友人自费创办了新中国成立以来第一份全国性的《日记报》。本人隔三差五地读了几期，觉得档次相当高。对于日记文学，采撷了不少名人名家的名论；就日记主题，刊发了当今许多名人大家的华章；表彰了中年作家洞察社会人生的老辣笔触；鼓励了初学写作青年们的嫩绿的芳馨。如此坚持了多年，在当代建设社会主义先进思想文化的大潮中，自牧在这片园地辛勤耕耘所流下的汗滴，涌入了这一大潮，大潮的激荡畅响，亦有自牧汗滴所奏出的弦音。我曾自忖：日记文学这片处女地的拓荒者、播种者、收获者，不管是自牧也好，还是今天尚未发掘出土的另外的大家隐居者也好，具有宏阔之心又兼细心的文学史家（研究者），恐怕不会不提到“自牧”这个名字的。

自牧的散文以记事为主，兼有些许抒情，很少发慷慨激昂之宏论，缺少应该具有的或厚重的深沉，或肆意挥洒的纵横捭阖；拘谨有余，舒展不足，比较晓白平实，属质朴美文散章。

自牧还是一位“业余编辑家”，由他主编的小说集、散文集、诗集、报告文学集、书画集已有一百多部。改革开放二十多年以来，人们的思想在极度的禁锢中解放出来，新一代青年在基本上没有乌云的蓝天白云的大政治环境下成长起来，“创作自由”的宽松氛围，一天天在向“六合”大度纵横拓宽加深，文学的教育、认识、审美三大功能，在生活中越来越被广大人民，特别广大青年新生代所自觉领受和实践；文学创作的手法、流派，天天都在嬗变，月月都在出新，年年都有新的气象，新出作品之多，与人口“计划生育”形成两极化发展，一年等于过去某个时期的二十年。总的说，这当然是好现象。百花齐放总比一花独放好；百家争鸣总比万马齐喑、万籁俱寂好。

自牧的辛勤劳作，适应了目前文学图书出版市场的需要；弘扬，或者说普及了“大文化”建设的现实；培养，或者说佑护了业余文学爱好者、业余作家（也有专业作家）的文学兴致，文学花果；给正规的作家群（如果今后还一如既往的话）培养和输送“后备军”作了预备役训练，说不定在哪一天，他们当中也许会跳出一位诺贝尔文学奖获得者呢……

自牧的勤劳，我自愧弗如。

在这里，我想到了“善人自牧”一语。

仁义之心，支撑起他的仁义双腿和仁义双手，必将走过他的人生的仁义之路。

仁者爱人，仁者向善。我寄厚重于“好人”、“善人”，并希望他能赋予“仁义”二字以更为崭新的内容。

癸未春日修改于历下枕流漱石庐

附录二

自牧的日记

◎郭保林

自牧是散淡之人，更是勤奋之人。几十年来，他持之以恒，孜孜不倦，写了数百万字的日记，大量的序跋、诗文，汪洋浩瀚，令人叹为观止。他已整理出版十几种日记、序跋、诗文、信札选集，在文学圈里圈外产生了广泛的影响。更令人惊叹的是他身为一个医务工作者，一个业余作家，还主编、选编、编校了近二百种各类作品集，即使一个专业作家、专职编辑，也很难达到这样的工作量。他在日记文学创作中铸就的辉煌，在诗文序跋上创造的成绩，伴随着时间的推移，将会得到社会进一步承认。

在评论自牧日记创作时，首先弄清一个问题，日记是文学吗？可列入创作之林吗？鲁迅时代，曾对杂文有过一阵非议，连鲁迅自己都不把杂文列入创作之林。为鲁迅编选《杂感选集》的瞿秋白，鲁迅的挚友、理论家胡风都认为杂文“不能代替创作”。理论是灰色的，生命之树是常青的。如果没有鲁迅的杂文，二十世纪三十年代的文学创作还成气候吗？没有杂文，

郭保林，著名散文家、编辑家。山东文艺出版社编审。出版有《高原雪魂孔繁森》、《此情不关风和月》等。

也就没有鲁迅。鲁迅的杂文堂而皇之地高居文学殿堂，成为一个时代的风景。日记和书信不同，前者是给自己看的，后者是给亲朋好友他人看的，按说，更难进入创作之林。但是，是否文学，关键在于作品有没有文学元素，有无高贵的文学精神和审美价值。只要具备丰沛的文学元素，日记、信札、序跋都是精美的文学作品。好的日记、信札、序跋都讲究修辞、逻辑、哲理、感情，作者的喜怒哀乐弥漫在字里行间。历史上有许多文章大家的书信、日记成为千古名篇，如司马迁的《报任安书》、李陵的《答苏武书》、嵇康的《与山巨源绝交书》、李白的《与韩荆州书》、韩愈的《后十九日复上宰相书》与《后廿九日复上宰相书》、王安石的《答司马谏议书》等等，文采焕然，激情充沛，思想深邃，富有动人的艺术魅力。日记也有许多名篇佳作，脍炙人口，且不说许多游记都脱胎于日记，或者说是文学化的日记，即如欧阳修《醉翁亭记》、姚鼐《登泰山记》、苏东坡的前后《赤壁赋》、《徐霞客游记》，更是经典的日记。

现在回到自牧的日记上来。他早期的代表作《百味集》出版后，因收录有一部分日记，颇受读者喜爱，短短几年内印刷两次。一九九三年，他又在山东文艺出版社出版了日记专集《人生品录——百味斋日记》，再后来他出版《抱香集》、《疏篱集》、《三清集》、《淡墨集——自牧及其作品》、《尚宽集》、《存素集》、《舍得集》时，也都收入了几个月的日记，到目前为止，自牧已结集刊印了一九八九年至一九九七年的日记。真实是自牧日记最突出的特点。时间、地点、人物、背景，甚至物候风光，如实道来，而又详略得当，记人记事，抓住典型细节，三言两语，声容笑貌，跃然纸上，给读者留下深刻的印象。

好的日记决非流水账。事无巨细，毫无价值的生活琐事，买菜、逛街、吃饭等，像皇帝的起居注一样，也无多大意思。鲁迅是日记大家，蒋介石也是日记大家，他们的日记可资历史之研究，可供时代之参考，它们是历史的细节，时代的元素。他们的日记，有的可作小品文，但大量的是生活琐记，虽显平庸、琐碎，却也真实地记述了人生。

自牧非伟人也，但自牧的“日记体创作”，姑称“日记体散文”，却折射了一个文人的人格光辉，他生活的酸甜苦辣，生命的华彩乐段，都在日记中表现出来。读后有一种苍茫感，浩瀚感，原来生活的长江大河，是如此宏阔隆丽，浪花飞溅，光斑熠熠，友谊的温馨，家庭的甜蜜，创作的得失，奋斗的幸福，既是人生的吉光片羽，同样也具有一种魅力——这就是艺术的风韵与魅力。

自牧的日记是他心灵自由的歌唱。自牧轻财轻官轻诸侯，他常常以“布衣自牧”、“乡人自牧”自称，谦谦然，恂恂然，从不显山露水，但他的心灵是自由的，他像月光下躲在枝头的小夜莺，歌唱生活，轻轻吟诵着生命的乐章。他的日记，有长有短，长则一两千字，短则数百字，那都是他生活的鸿爪留影，发自肺腑的质感声音。如他二〇〇五年一月三十一日的日记，记述他校对文友的散文集《欧风美雨》清样时真切的心情：

校对《欧风美雨》稿样，随着窦兄的笔触，走进克里姆林宫，在朱可夫雕像前遐想，寻找高尔基的纪念碑，徜徉于新圣女公墓——王明的墓穴也在新圣女公墓，墓碑用俄文写道：伟大的国际主义战士——王明。据说，陈独秀葬于老家安庆的坟墓至今仍是平头，而没有坟头，所谓是盖棺不定论也；倡导自由、平等、博爱的卢梭，其棺木正面雕着一扇门，门微启，从里面伸出一只手，递出一枝花来，寓意卢梭把花儿般鲜艳芬芳的人文精神奉献了人类。

这段文字不仅看出自牧人文知识的丰富，同时也看出自牧日记笔触的广阔性，自由性。天上人间，古今中外，人文地理，任其笔墨驰骋，无拘无束，挥洒成章。文章是精神的折射。只有精神的自由，才能写出闪烁人文精神光芒的华章。虽说日记不讲究文采，不囿于章法，随意而来，任性而去，自牧的日记却写得风生水起，韵味绵厚。

文章不是无情物。"人禀七情，应物斯感，感物吟志，莫非自然"。真挚、质朴、敦厚，有一种清雅而又温馨的情感，氤氲在自牧日记字里行间。读他的日记，更能想到他的为人处世，宽容、厚道、热心肠，任劳任怨，为朋为友，一片真诚，无论个人吃多少苦，吃多大亏，付出多大代价，他总是默默承受，不张扬，不炫耀。与其说他的日记感人，不如说其文字后面的人格更感人。自牧热爱人生，热爱生活，热情于朋友，热情于事业，他的全部精力甚至相当大的财力都投入到了他的三件大事：日记、撰序跋、写信。认认真真，踏踏实实，干得有滋有味，乐此不疲。自牧在网络如此发达的今天，他仍然是亲笔写信，据说还不时用毛笔小楷，一丝不苟，在当代文人圈内实属罕见。这固然是他的嗜好，更重要的是折射出了一种人文精神，一种情感。在世人浮躁的大环境中，自牧独善其身，默默读书、写作，为友办事，从事不惊天动地的平凡的事业。他的日记、信札，包括序跋，都洋溢着一种诚挚的纯情，一种不以物喜，不以己悲，超然物外的感情。

自牧的日记真实、自由，并非随意而写。虽说日记是练习写作的“跑马场”，但他并不任情纵横。他的日记内容上大多是文学纪事，朋友往来，编书、读书、写作，公务琐事、儿女情长却很少。有人说，他很少触及当代社会的腐败、丑恶、道德沦丧的现象，以及社会的种种病态。我觉得更恰当的说法，他的日记就是一部长长的文学史——当代文学史，是当代文人的活动原汁原味的纪略。他交友极其广泛，人脉源远流长。上至达官贵人，名流大家，下至草野之人，芸芸百姓，他都热诚相待，平等相视，为人作嫁，编校书刊，不遗余力，整日沉浸在文学精神世界中。看他的日记，你怎么也想不到他是一个医务工作者，且为杂务缠身的医院办公室主任。可见自牧做事之干练，处人之宽宏，律己之严格。他的日记是一个典型读书人的心灵史，生命史。

自牧读书多且杂，古典诗词歌赋，中外文学名著，哲学、历史、政治、经济、社会、家庭、伦理、宗教，从他的日记中都能找到，他引经据典、随手拈来，且恰到好处，这是一番大学问。他的文字很理智，不轻肆感情，激情或滥情能蒙骗一些年轻读者的眼睛，只有理性的文字才能醒人耳目，启迪智慧。他的序跋，文字极其简约精练，没有词藻的夸饰，没有阿谀之风，朴实、温馨，文章优劣，评骘得当。特别应该指出他的古典文学修养深厚，日记中常有古文风致。他五十周岁时的日记题名曰《五十集·自牧杂志》，他在《小引》中写道:

古人云:“好学近乎知，力行近乎仁，知耻近乎勇。”淡庐曰:大悟近乎更，自觉近乎行，知惜近乎追！既然有醒悟更新

之想，当具奋勇直追之行，这就尤为需要珍惜时间，珍惜机会，珍惜友情，珍惜生命。

他在文章结尾处又赋诗一首曰：

布衣自牧五十秋，本色淡庐自适流。
素心知止得清静，归真向散别封侯。

这样的文字在他的日记、序跋中比比皆是。他有一篇随笔式跋文，是评介二十四位友人的人品和文章，同时也为二十四位友人画像，谈他们相识相知，交往共事，短短几百字，直陈胸臆，言简情深，其人其行，栩栩如生。而且篇末随赋小诗一首，读来亲切，似有暖流润身温心。

自牧的文学日记语言已形成自己独特的风格，雅致、优美，清新、淡远。自牧为自己的书房起了四个别致而又意味深长的名字：百味斋、淡庐、澈堂、存素簃。因文见意，可见自牧文风纯朴，清雅、淡雅、典雅，他表现在语言文字上则如清水出芙蓉般的洁净，清鲜。他为人为己撰序写跋，也极其简约、精练。他师法造化，体验人生，继承明清小品文风，写物记人，寥寥几笔，传神动情。即使寻访名胜，寄情山水，或行迹、见闻，参与文学活动，也不放肆笔墨，而是寥寥数语，如实写来。自牧曾云：“投入精力过小，难以写得细腻感人；投入精力过大，则又影响读书写作。”所以文字简练，惜墨如金。

“人届半百，知命不惑，甘于布衣，甘于淡泊，将贯穿始终；世事沧桑。知止得静，耽于日影，耽于清约，将成为风格。”简约、冲淡，隽永、典雅，如玉泉铮铮，有一种节奏感，音质美。这不正凸现出了自牧语言的风格吗？“才如湖海文始壮，腹有诗书气自华”。自牧的文字不浮躁、不张扬、不恣肆，既是自身性格所致，更得益于他的文学修养。语言即风格，风格即人。为人为文，他师从耕堂孙犁，可谓得其真传。自牧出身农家，但家庭和社会培养了他的道德自律意识，做人做事，古道热肠，用墨用笔，冲淡清纯。但这些生活的碎片，鸿爪雁羽，却包蕴着人生的酸甜苦辣，世态炎凉。当然，他也将生活的花瓣，一一拣拾进竹篮里，他的日记充满诗意的芬芳，清雅之间飘溢着浓郁的馨香。

生命如歌。自牧用最清纯的音符奏响一曲并不激越高昂但却清婉优美的旋律。

自牧在《淡庐日影·卷五》的《小引》中写道：

淡泊是一种境界。淡泊，就是拒绝诱惑；淡泊，就是与人为善；淡泊，就是抱朴守真；淡泊，就是珍惜生命。

……

努力追求一种大人格，高境界；自处超然，处人蔼然，有事斩然，得意淡然，失意泰然——平平淡淡，顺其自然。

他还在一本随笔集的“跋”中引用董其昌书写的对联曰：“静坐参众妙，清淡适我情”，“文贵清真，诗贵平淡。若误以疏浅为清真，何怪以拙易平淡？”这是自牧的长期精神追求。

当今，我们处的时代是社会转型期，芜杂而喧嚣，狂躁而迷惘，贪婪而堕落，卑劣而虚伪。这个时代病了，虽非病入膏肓，但也沉疴积重。自牧是个医务工作者，他不仅为人治病，也为社会听诊，所以他给世人开的处方只有两个字：淡泊。

有人形容当代中国患有狂躁症：最爱“快进”，狂点“刷新”，评论要抢“沙发”；寄信，最好是特快专递；拍照，最好立等可取；坐车，最好是高速公路、高速铁路；坐飞机，最好直航；做事，最好名利双收；创业，最好一夜暴富；结婚，最好有现房现车……中国，一切都在按“快速键”，很难留下一幅定格唯美的画面。在这急功近利的时代，有几个人能静下来，淡下来？而自牧能冥心高寄，孤守淡泊，坐拥书城，打禅入定，这是一介读书人的精神生活。

清代著名学人余怀在为他同时代作家李渔《闲情偶寄》撰写的序文中说：“故古今来能建大勋业，作真文章者，必有超世绝俗之思，磊落钦崎之韵。”又说：“古今来大勋业，真文章，总不出人情之外。”余怀还大加称赞李渔的《闲情偶寄》，说“其言近，其旨远，其取情多而用物宏，谬谬乎，丽丽乎，汶者读之旷，塞者读之通，悲者读之愉，拙者读之巧，愁者读之忭且舞，痛者读之霍然兴。”那意思是说：“糊涂的人读了它将变得明白，狭隘的人读了它将会变得旷达，忧郁的人读了它将会变得愉快，笨拙的人读了它将变得灵巧，愁闷的人读了它将变得欣然起舞，有病的人读了它将会霍然而愈。”对李渔评价之高，显然有些过誉，但也有一定道理。社会需要一种针剂，那就是“镇静”，惟有“镇静”方能稳健进步；人生需要一种药石，那就是“淡泊”，惟有“淡泊”，才能使人类的灵魂得以救赎。

自牧给社会开的处方，有无疗效，还是请君读读他的日记、诗文再说吧。

二〇〇九年八月于济南书苑山庄

后记

一九九八年的日记，当时的冠名为《疏篱集》，五六年前据手稿排出。当时是想和一九九九年的日记《久久集》合起来自印一册日记专集《淡庐日影》的。至于刊印的初衷，一是我的第一部日记专集《人生品录——百味斋日记》二十年前由山东文艺出版社出版后，再没有刊印续集。二是我每出版一部“杂集”或刊印一卷《日记杂志》，都会收入半月、半年或者一年的日记以“凑数”。这些零碎刊印的日记，朋友们读后都觉得不很过瘾，便纷纷来电、来信或当面建议我出版第二部日记专集。由于种种客观的原因，《淡庐日影》排出后一直未付印。三是于晓明君当初组编《本色文丛》中日记丛书时，曾力邀我加盟，当时因忙于校对《自然集》稿样，没有顾上。日记丛书第一辑出版后，我在第一时间里读到了六种，羡慕之意，溢于言表，故于君再次约我加盟时，便立即应允了。因限于规定的字数和篇幅，我只好把《淡庐日影》中的《疏篱集》及《久久集》的一至三月部分析出，更名为《书事快心录》付梓，以不负海天出版社于志斌先生和于晓明君的美意，同时以飨几十年来关注我的日记事业的文朋师友们。

二〇一三年二月二十八日上午，布衣文士自牧

写于历下自由大街之澈堂

自牧藏书票（崔文川设计）

本色文丛

本色文丛是我社策划的系列图书，持续组稿编辑出版。丛书力图给喜欢品味散文随笔、全民阅读与图书文化、名人日记与学术札记、海外文化的人士，提供良书与逸品。

本色文丛·图书文化

《书香，也醉人》	朱永新著	29.00元
《纸老，书未黄》	徐　雁著	29.00元
《近楼，书更香》	彭国梁著	29.00元
《书香，少年时》	孙卫卫著	29.00元
《阅读，与经典同行》	王余光著	29.00元
《域外，好书谭》	郭英剑著	29.00元
《谈笑有鸿儒》	刘申宁著	29.00元
《斯文在兹》	吴　晞著	32.00元

《淘书·品书》	侯　军著	32.00元
《西风·瘦马》	沈东子著	32.00元
《书人·书事》	姚峥华著	28.00元
《文学赏心录》	杨　义著	30.00元
《文学哲思录》	杨　义著	30.00元
《闲人，书生活》	胡野秋著	即将出版

本色文丛·散文随笔（柳鸣九主编）

《往事新编》	许渊冲著	29.00元
《信步闲庭》	叶廷芳著	29.00元
《岁月几缕丝》	刘再复著	29.00元
《子在川上》	柳鸣九著	29.00元
《榆斋弦音》	张　玲著	29.00元
《飞光暗度》	高　莽著	29.00元
《奇异的音乐》	屠　岸著	29.00元
《长河流月去无声》	蓝英年著	29.00元
《青灯有味忆儿时》	王春瑜著	28.00元

《神圣的沉静》	刘心武著	30.00元
《纸上风雅》	李国文著	30.00元
《母亲的针线活》	何西来著	28.00元
《坐看云起时》	邵燕祥著	28.00元
《花之语》	肖复兴著	30.00元
《花朝月夕》	谢　冕著	28.00元
《无用是本心》	潘向黎著	28.00元

本色文丛·日记（于晓明主编）

《读博日记》	张洪兴著	31.00元
《问学日记》	王先霈著	26.00元
《文坛风云录》	胡世宗著	29.00元
《原本是书生》	于晓明著	32.00元
《紫骝斋日记》	马　斯著	31.00元
《梦里潮音》	鲁枢元著	31.00元
《行旅纪闻》	凌鼎年著	35.00元
《微阅读》	朱晓剑著	35.00元

《从神州到世界》 张　炯著 35.00元

《丹青寄语》 崔自默著 35.00元

《文坛边上》 吴昕孺著 35.00元

《书事快心录》 自　牧著 35.00元

本色文丛·海外文化

《半岛之半：居韩一年散记》

许　结著 30.00元

《西行漫笔：一个远足者的异国寻觅》

王兰仲著 29.00元

《哈佛周记》（暂名） 郭英剑著 即将出版